ルピア、君を育んでくれた国に来たよ。
君が幼い頃から慣れ親しんだ風と陽の光だ。
それから、君の姉君たちの声が聞こえるだろう。
楽しいことを目にすると
いつだって目を輝かせていた君だから、
目を開くときっと楽しい気持ちになれるよ。
だから……。

「ルピア、どうか目覚めてくれないか」

Illustration 喜久田ゆい

2
誤解された『身代わりの魔女』は、
国王から最初の恋と
最後の恋を捧げられる
The self-sacrificing witch is misunderstood
by the king and is given his first and last love.
Presented by 十夜
Illustration 喜久田ゆい

CTERS

バド・ラ・バトラスディーン

ルピアと共に生まれた聖獣。
普段はリスのような
姿をしている。ルピアの事を
とても大切に思っている。
フェリクスのことは
まだ認めていない。

フェリクス・スターリング

ルピアの一つ年下の夫。
ルピアから深い愛情を
向けられ、自身も彼女を
愛するようになる。
しかし、彼女を誤解して
傷つけてしまい——

ルピア・スターリング

世界に1人しかいない、
滅んでしまった魔女の末裔。
聖獣の卵を抱えて生まれてきた
特別な魔女。7歳でフェリクスを
運命の相手と決め、
以来彼を一途に愛している。

STORY

ルピアは、『相手の
怪我や病気をその身に
引き受ける』魔法が使える、
世界でたった一人の魔女。
——でも、そのことは秘密。

念願叶って初恋相手である
フェリクス王と結婚する
ことになったルピアは、
彼のことを一途に想い、
フェリクスもまた彼女に

CHARA

アナイス・バルテレミー

子爵家令嬢。
フェリクスの幼馴染み。
3色の虹色髪を持ち、
「虹の乙女」として
国民に絶大な
人気を誇る。

ビアージョ

スターリング王国
騎士団総長。
年の功もあり、
優しく思慮深い。
ルピアが父親のように
懐いていた。

ギルベルト・クラッセン

スターリング王国の宰相。
フェリクスのために
なるかどうかを基準に
行動する。
それによりルピアを
傷つけてしまった。

魅かれていく。

しかし、フェリクスが二年にもわたる戦争から戻ったとき、ルピアの妊娠が明かされる。

フェリクスに喜んでもらえると思っていたルピアだが、誤解からフェリクスは彼女が裏切ったと思い、冷たくあたられるように……。

気持ちがすれ違ったまま、ある日、フェリクスが毒蜘蛛に襲われる。

ルピアはそんな彼の命を救い、身代わりとなって深い眠りにつくのだが――。

ENTS

itch is misunderstood
n his first and last love.

CONT

The self-sacrificing w
by the king and is give

The self-sacrificing witch is misunderstood by the king and is given his first and last love.

by TOUYA

第2章

国王フェリクスの後悔と恋慕

【SIDE 国王フェリクス】

The self-sacrificing witch is misunderstood
by the king and is given his first and last love.

17・真実

スターリング王国国王フェリクス・スターリング。

これは、私の後悔と恋慕に塗りつぶされた日々の話だ。


――ああ、私は死ぬのだなと、その瞬間に理解した。

呼吸をすることができない。

苦しみとともに命の火が消えていくことを感じながらも、最期の瞬間の心残りはルピアのことだけだった。

――私がいなくなったら、きっと彼女は泣くだろう。

――このまま死んでしまい、会えなくなるのならば、意地を張らずに彼女を受け入れるのだった。

分かっている。

分かっていた。

もはやどうにもならないほど、彼女に囚われていると。

ただ、そんな風に私を虜《とりこ》にしておきながら、私自身を変容させておきながら、素知らぬ顔で他の男性の子どもを身籠った彼女がどうしても許せなかったのだ。

だが、それは傲慢な行為だった。

全てをなくすと分かっていたのならば、すがりついて愛を乞い、ただただ希《こいねが》っただろうから。

私はどこかで彼女は私のものだと思っていて、だからこそ、傲慢にも『許せない』と考えたのだろう。

その傲慢さの報いを受け、私は彼女を誤解させたまま死んでいこうとしている。

彼女を悲しませることだけはしたくないのに、深い傷を与えたまま、彼女を一人遺そうとしている。

ああ、最後に、彼女を愛していたことをどうにかして伝えたい。

彼女には何一つ瑕疵《かし》がなく、私を含めた誰もが、正しく彼女を愛していたと知ってほしい。

そう心の中で希った瞬間――どういうわけか突然、息苦しさから解放された。

真っ暗な闇の中に閉ざされていた意識に光が差し込み、周囲の音が聞こえ始める。

あり得ない事態に驚いて目を見開くと、――最初に目に映ったのは、国花と同じ美しい紫だった。

それが彼女の瞳だと気付いた瞬間、彼女は幸せそうに、まるで愛《いと》しい者を見つめているかのように、私に向かって微笑《ほほえ》んだ。

「ルピ……」

しかし、私が名前を呼ぶよりも早くその目は閉じられ、美しい瞳が見えなくなった。

「……ルピア？」

私の腕の中に倒れ込んだ、世界で最も愛しい者の名前を呼ぶ。

しかし、彼女が返事をすることはなかった。

その瞳が開かれることも。

――その後、何年も、何年も、彼女は眠り続け、目を覚ますことはなかった。

私がどれほど後悔しても、泣き崩れても、希っても、愛を乞うても、彼女は微動だにしなかった。

永遠にも思える長い長い時間、私はただ、その美しい紫に焦がれ続けることしかできなかったのだ――……。


「お……、王!?」

倒れ込んだルピアを腕に抱えたまま、状況を確認しようと顔を上げると、吃驚《きっきょう》した様子のギルベルト宰相と目が合った。

彼はこれでもかと目を見開き、見たこともないほど口を開いている。

状況が異なればおかしく感じただろう彼の表情も、緊迫した状況下では常にないことが発生していることを実感させ、焦燥感を強くするだけだった。

次の瞬間、ギルベルトはどっと涙を流すと、感極まった声を上げる。

「ああ、フェリクス王！　ルピア妃が王の毒を吸い出してくださったのです!!」

宰相の言葉を契機として、これまでの記憶が一気に蘇《よみがえ》ってくる。

……ああ、そうだ。

私は式典の最中に、毒々しい色をした蜘蛛《くも》に腕を噛《か》まれたのだ。

すぐに馬車に乗り込み、手当てを受けるために王宮を目指したが、無駄な行為であることは自分でも理解していた。

あの毒蜘蛛に噛まれて生き延びた者は、これまで誰もいなかったのだから。

だが、最期ならば、ルピアに会って、話をしなければならないと思った。

私がいなくなった時に、彼女が自分を責めることがないよう、彼女の誤解を正さなければと。

そのため、王宮を目指すのは正しい行動だと考えたのもつかの間、馬車の中で意識を失い……。

次に気付いた時には、国花と同じ色をした彼女の瞳に見惚《みほ》れていた。

美しいな、と心から思った。

そんな私に対し、彼女は誰よりも美しい笑みを浮かべてくれたのだ……。

――と、そこまで回想したところで、腕の中の重みがずしりと増したように感じた。

はっとして視線を落とすと、意識を失った状態のルピアがいた。

「私の毒を吸い出したとは、まさかルピアは蜘蛛の毒を飲んだのか!?」

私の言葉を聞いたギルベルトは、その時初めてルピアの状況に気付いたようで、動揺した様子を見せた。

それから、私の腕の中の彼女を見下ろすと、一瞬にして顔を青ざめさせる。

――一見しただけで、ルピアの状態の悪さは見て取れた。

先ほどまでの私がそうであったように、ルピアの全身はどす黒く変色していたのだから。

「まさか吸い出した毒を全て、彼女が含んだわけではあるまい……」

確認する私の声に混じって、ミレナのかすれた声が耳に入った。

「……何ということ、ルピア様、身代わり…………」

――その瞬間、私は全てを理解した。

そして、思い出す。

ルピアが私に話してくれた秘密を。

『私は……失われた魔女の末裔《まつえい》なのです』

『私は大きな魔法が一つ使えます。夫となった相手の身代わりになれるという魔法が』

『陛下が怪我《けが》や病気をした時、それを私の身に引き受け、治癒することができます。私が身代わりになった時点で、陛下の体は健康体に戻りますし、たとえ陛下の怪我や病気が命にかかわるようなものであっても、引き受けた私が死ぬことはありません。時間はかかりますが、私の体はそれを完全に治癒できるのです』

婚姻した夜に、他ならぬ彼女自身が教えてくれた言葉の数々が蘇ってくる。

「……ああ」

私は腕の中の彼女を見下ろした。

「私の身代わりに、なったのか……？」

発した声はかすれ過ぎていて、自分でも聞き取れないほどだったが、ギルベルトが息を呑《の》んだ音が聞こえた。

……ギルベルトにも、冗談めかして彼女の秘密を話したのだったか……。

私は彼女を抱く腕に力を込めると、ゆっくりと立ち上がった。

その様子を見た臣下たちが、驚愕《きょうがく》の声を上げる。

「へ、陛下！　お体にはまだ、蜘蛛の毒が残っております！　立ち上がってはなりません!!」

「陛下がご乱心だ！　毒が全身に回っているのに、王妃陛下を抱えていらっしゃる!!」

「騒ぐな！　毒は抜けた！」

普段通りの声で制すると、皆はびくりと体を強張《こわば》らせ、口をつぐんだ。

臣下たちが驚愕の表情で私を見つめる中、ルピアを抱えて通り抜けていく。

驚くほどに、私の体は普段通りだった。

痛さも辛《つら》さもなく、痺れも動作不良もなく、彼女を抱え上げることに何の苦労もない。

――ルピアが全て、その身に引き受けてくれたから。

抱え上げた彼女の全身は燃えるように熱く、汗をかきながらも震えていて、ぜいぜいとおかしな呼吸音がする。

そして、意識がないのに、顔は苦しそうに歪《ゆが》められていた。

ルピアはきっと、苦し気な表情を他の者に見られたくないだろうと考え、侍医とミレナにのみ付いてくるよう指示を出すと、大勢の者でごった返す部屋を足早に後にする。

身代わりになったルピアの能力について、はっきりと理解できているわけではなかったが、それでも――私が彼女に救われたことだけは理解していた。

* * *

――私はどれだけ、ルピアのことを理解していたのだろう？

恐らく、全くと言っていいほど理解していなかった。

全てが思い込みによる誤解であり、だからこそ、私は今、その報いを受けている。

死にかけていた私が生き返り、代わってルピアが倒れた混乱の日の数日後、私は苦しみ続けるルピアの側で、彼女の手を握り続けていた。

呻き、呼吸困難に陥り、涙をこぼす彼女のために、私ができることは何もない。

未《いま》だ混乱している頭で、私はこれまでのことを一つ一つ振り返ってみたが……ルピアとの思い出を見つめ直すたびに、彼女が与えてくれた思いやりと愛情に気付かされ、胸が締め付けられた。

そして、後悔する。

彼女は恥ずかしがり屋で、言葉が足りないタイプだと理解していたのに、彼女が口にしなかった多くのことを、なかったものとして扱ってしまったことを。目に見えていた、数々のヒントに気付きもしなかったことを。

……ああ、私はもっと多くのことを、彼女に尋ねるべきだった。

彼女の言葉をしっかりと聞いて、彼女が見つめている世界を理解すべきだった。

そうすれば、これほどまでに彼女のことを見誤ることもなかっただろうに……。

彼女との関係におけるターニングポイントは、隣国との戦争だった。

その時には既に、私はルピアにはっきりとした好意を抱いていた。

彼女は優しくて思いやりがあり、自分のことよりも相手のことを優先していたから。

真面目で一所懸命で、どんな小さな事柄にも熱心に取り組んでいたから。

いつだって、「フェリクス様、フェリクス様」と私を気に掛けてくれたから。

――そんな彼女に見つめられることが嬉しくて、彼女に名前を呼ばれることが嬉しくて、……今思い返してみると、私はあの時既に、ルピアに特別な想いを抱いていたのだ。

だからこそ、開戦が決まった時、彼女を我が国に残すことができず、母国へ戻るようにと頼んだのだ。

――責任感の強い彼女がこの国に残りたがっていたことも、王妃のあるべき姿としてこの国に留《とど》まらせるべきであることも分かっていたが、自分の要望を優先させたのだ。

なぜならルピアが危険な場所にいると考えるだけで心が休まらなかったし、彼女が無事でいて、私を待っていると考えるだけで、何としても彼女のもとに戻らなければならないとの気持ちになれたからだ。

そして、その気持ちは戦争中も変わらなかった。

それどころか、彼女と離れたことで、私にとって彼女がいかに大切な存在かを認識させられた。

ふとした時に思い出すのは、いつだってルピアのことだったからだ。

――週に一度、ルピアは戦場の私に手紙をくれた。

季節の移り変わりを教えてくれ、彼女が元気だと知らせてくれ、私のことを心配してくれる、読むと心が温かくなる手紙を。

己の命と兵の命を守ることに精一杯で、余裕も娯楽もない毎日の中、彼女からの手紙を唯一の宝物のように感じていた。

そのため、届くとすぐに皆から離れた場所に座り、一人で読むのが習慣となっていた。

――あの日、戦場で敵兵から奇襲された時も、私は一人離れた場所に座り、彼女からの手紙を読んでいた。

油断していたところを襲われ、驚く間もなく肩から胸までを切られ、痛みと熱さを覚える。

しかし、ここで死ぬわけにはいかないと、無我夢中で足を動かした。

そして、わずかな可能性にかけて崖から飛び降りた。

次に目が覚めた時には、テオを含めた1ダースほどの兵に囲まれていた。

驚くべきことに、痛みも苦しみもなく、確認すると傷が跡形もなく消えている。

命にかかわるほどの大きな傷だったはずだ。

何事が起こったのかと驚愕する私に、テオは『虹の女神が現れて、王の傷を治された』と説明した。

そのようなことがあり得るのかと半信半疑だったものの、傷が消えた理由を他に説明することができず、テオの証言を受け入れる。

傷一つない姿で戻った私を見て、兵たちは『虹の女神のご加護だ！』『王が大義を果たすことを、女神はお望みになっておられる!!』と高揚し、その勢いは戦局に大きく影響した。

一方、ビアージョ騎士団総長は私を見て、地面に平伏した。

「尊き御身をお守りできず、申し訳ありませんでした。心よりお詫び申し上げます」

彼の忠誠心は理解していたので、片手を上げて制する。

「お前のせいではない。元々、私が一人離れた場所にいたのが原因だ。そのうえ、畏れ多くも女神にお助けいただいたのだから、問題になるはずもない。……ただ、私は意識を失っていたので、実際に女神にご助力いただいた場面を目にしていないのだがな」

ビアージョは重々しい様子で口を開いた。

「陛下、恐れながら、全ての物事には対価が必要だと、私は考えています。たとえ奇跡であったとしてもです。女神が陛下に常ならざる恩寵をお与えくださったのであれば、それ以上のものを女神にお返ししなければなりません」

「それでは、この戦いから生きて戻り、女神が守る我が国の繁栄に努めよう。そして、女神の御名を、我が国の隅々まで行き渡らせるのだ」

私の言葉を聞いたビアージョは、深く頭を下げた。

――その後、女神の加護を得たと信じた兵たちに支えられ、我が国は勝利した。

高揚する兵たちとともに帰国の途についた私は、しかし、一つだけ気掛かりなことがあった。

戦の途中から、ルピアの手紙が届かなくなったことだ。

体調不良を心配したが、代わりにルピアの無事を知らせる報告がディアブロ王国の名で届き、その懸念は払拭される。

残念なことだが、素直に考えれば、ルピアから手紙を書く気が失《う》せたのだろう。

忙しさを理由に、ほとんど返事も出さない私が相手では仕方がないことだと、その時の私は考えていた。

戦場から王宮に戻った私は、すぐにディアブロ王国へ使者を出した。

我が国はもう安全だから、戻ってくるようにとルピアへ知らせるためだ。

そして、実際に戻ってきた彼女と再会した時、どういうわけかルピアはきらきらと輝いて見えた。

彼女が動くたびに、彼女の周りから光が溢《あふ》れているように見え、知らぬうちに目か脳に不調をきたしていたのかと驚く。

しかし、彼女に近付くにつれ、別人かと見間違うほどに痩せてしまっていることに気が付き、そちらに気を取られた。

「何てことだ、こんなに痩せてしまって……」

最後まで続けることができず、言葉が途切れる。

なぜなら彼女の顔も手も足も、どこもかしこも肉が落ちてしまっていたからだ。

ああ、かわいそうに、摂取する食事量が不足していたのだろう。

今後は彼女の側《そば》にいて、きちんと食事をするように見張っていなければならない、と強く決意する。

心配のあまり、思わず彼女を膝の上に抱き上げると、あまりに軽くてもう一度驚いた。

彼女は小さいので、抱き上げると、私の腕の中にすっぽりと入ってしまう。

そうすることで、彼女を安全な場所に確保できたような気持ちになれた私は、やっと安心することができた。

……ルピアは小さくて、繊細で、純真だから、私が側にいて守っていないといけないな。

もちろん彼女は立派な大人で、何だって自分でできることは分かっていたが、そんな庇護欲《ひごよく》に駆られる。

私は彼女の小さな頭の上に自分の頭を乗せると、抱きしめる腕に力を込めた。

――しかし、私の世界が秩序を保っていられたのは、この日までだった。

翌日、ルピアの体調不良を心配して手配した侍医から、思いもかけない報告を受けたからだ。

突拍子もない言葉を聞かされた私は、子どもの頃から世話になった相手を、正気だろうかとまじまじと見つめる。

「……何だと?」

「王妃陛下がご懐妊でございます」

「確かにお前は年を取ったが、もうろくするには早いだろう。それとも、最近はこのような冗談が流行《はや》っているのか？」

「冗談ではございません。王妃陛下がご懐妊でございます」

「本気でそのような診断結果を下すとしたら、お前はやぶ医者だったのか」

私はきっぱりと言い切った。

ルピアとは2年以上離れていたのだ。

子どもができるはずもない。

しかし、侍医は生真面目な表情で、四度目になる同じ言葉を繰り返した。

「王妃陛下がご懐妊でございます」

その時になってやっと、侍医が冗談を言っているわけでも、適当な診断結果を口にしているわけでもないことを理解する。

――瞬間、激しい怒りで目の前が真っ赤に染まった。

これほど激しい怒りを覚えたのは初めてで、全身の血が沸騰するような感覚を抱く。

ああ、彼女は私のものなのに！

それなのに、彼女は私が享受すべき権利を、他の者に分け与えたのか。

そして、その何者かは、私から彼女を奪っていこうとしているのか。

私は激高したままルピアのもとを訪れ、問《と》い質《ただ》したが、彼女は私の子だと繰り返すばかりだった。

しかし、そのようなことがあるはずもない。

私は激情のままルピアを詰《なじ》ると、彼女の部屋を後にした。

その時に私の胸を占めていたのは、裏切られたという苦々しい思いと、彼女は別の男性を愛したのかという絶望的な思いだけだった。

その日を含めた2日間のことは、ただただ胸苦しく、気分が悪かったことしか覚えていない。

かろうじて仕事だけはしていたが、それ以外の時間は、胸の中に巣食った嫉妬に苦しめられていたからだ。

そして、そのように一つの感情に囚われ続けたことで、私ははっきりと気が付いた。

……私は変わってしまったのだと。

これまでの私はいつだって、冷静に感情をコントロールしてきたし、他人の言動に大きく影響を受けることはなかった。

しかし、今の私はルピアの一挙手一投足に影響を受け、彼女への激しい感情を制御することができていない。

苦しい、苦しいと思いながらも、最も私を苦しめたのは、これほどまでに私を変容させたルピア自身が、他の男性の子どもを身籠りながら、素知らぬ顔をしていることだった。

そのため、彼女にとって、私はそれだけの者でしかなかったのだという事実を、目の前に突き付けられた気持ちになる。

そして、その時ふと、戦場にいる私への手紙が途切れた理由が分かったように思った。

恐らくあの時期に、彼女は私よりも他の男性に夢中になったのだろう。

感情的になってはいけないと自分に言い聞かせ、冷静さを取り戻すために、さらに3日我慢した後、私はルピアのもとを訪れた。

「たった一つだ」

廊下を歩きながら、自分に言い聞かせるための言葉を紡ぐ。

彼女は優しく、我が国の発展にも熱心で、これまで一心に、私と私の国に寄り添ってくれた。

そんな彼女が犯した間違いは、この2年半でたった一つだけだ。

……誰だって、間違いを犯すことはある。

たまたまその間違いが私にとって大事なことで、許し難《がた》いことだったため、苦しくてたまらないが、私は乗り越えていかなければならない。

これからもともに歩んでいくため、彼女を許す道を探すべきなのだ。

そう考え、腹を割って話をしようと、彼女に腹の子の父親について尋ねたが、彼女は頑なに私の子だと主張し続けただけだった。

「………………分かった」

返事をしながら、事実が彼女の主張する通りならば、どれほど良かっただろうと考える。

彼女の腹にいるのが私の子で、その子を彼女が無事に産んでくれ、慈しんでくれるならば、私はどれほど幸せだろうかと。

しかし、そのような夢物語が現実になるはずもない。

――いや、違う。

私の決断一つで、この夢物語を現実にできるのだ。

私は自分自身に問いかけた。

『ルピアを手放せるのか』と。

答えはすぐに出た。

彼女は私に、愛と安らぎをもたらしてくれた。

……そう、彼女といると心の底から安心できるのだ。

彼女の瞳にはいつだって、私に対する深い慈しみが込められているように思われる。

おかしな話だが、彼女は私の何もかもを分かっていて、いつだって私の味方でいてくれるような気持ちになれるのだ。

そして、彼女が基本的に正直で、心根が優しいことは分かっている。

――今回の過ちは、私の不在による寂しさが原因だ。

彼女が相手の名前を告白しないのは、私に対して不誠実なのではなく、告白することで相手が罰せられることを恐れているのだろう。

　つまり、彼女の優しさを証明しているだけだ。

　――ああ、私に彼女を手放せるはずがない。

　私が正しく導きさえすれば、彼女は正しい道を歩み続けてくれるに違いないのだから。

　そうであれば、彼女の子どもの父親に、彼女の子どもをくれてやることはできない。

　彼女は私の妻だ。

　その彼女が身籠ったのだから、彼女の子どもの父親は私だ。

　誰一人、私の権利を否定できるはずもないのだから。

　そして、彼女自身が腹の子の父親は私だと公言したのだから、問題はない。

　しかし、私の決断をギルベルトに伝えると、彼は一瞬にして顔色を失い絶句した。

　それから、全く脈略がないことに、大袈裟《おおげさ》な身振り手振りを交えて、側妃が必要だと言い始めた。

「何を馬鹿げたことを！　側妃など必要ない」

「もちろん必要です!!　この国に必要なのは、フェリクス王の血を引いた継嗣《けいし》です!!　ああ、陛下はどうなってしまわれたのですか!?　いつだって合理的に物事を考え、愚かしい判断を下されたことなど、一度もなかったというのに!!」

　私の決断を変えさせようと、様々な提案をしてくる宰相に、私ははっきりと宣言した。

「ギルベルト、もはや何を言っても無駄だ。私は決断したのだ。今回に限っては、全てに満足する選択肢など存在しない。ルピアが私以外の男性の子どもを身籠ったと知った時は、怒りのあまり目の前が真っ赤になったが、彼女だけはどうしても失えない。戦争が理由とは言え、彼女から離れていた私も悪かったのだ」

「な、何ということをおっしゃられるのです！　王は命を懸けて、戦場に出ていたのですよ!?　国と民を守るために!!　その間にルピア妃は……」

「口を慎め！　この先も、彼女は私の妃だ！　悪口は聞きたくないし、この決断は私のためのものだ。どうあっても私はルピアを手放せない。子どもには半分ルピアの血が流れているのだから、子どもも含めて私のものだ。……私の血が入っていないことがどうしても気に入らなければ、私には子が生《な》せないため、養子を取ったと考えろ」

「王……」

ギルベルトは泣きそうな表情をしていた。

彼は私が幼かった時からずっと側にいて、いつだって私のために行動してくれた。

彼の忠心は痛いほど分かっていたが、それでも、彼の懇願に私が揺さぶられることも、考えを変えることもなかった。

悩んだ末に出した結論だ。

私にはもはや、子どもごとルピアを受け入れる以外の結論があるとは思えなかったのだ。

一夜明けて、翌朝。

ギルベルトは頭に血が上っている状態であることを、私は理解した。

なぜなら朝早くから、アナイスが私を訪ねてきたからだ。

宰相の要望を受け、しばらく王宮に滞在する旨を告げた後、彼女は普段よりも親し気に手を伸ばしてきた。

その様子から、ギルベルトが側妃について何らかの話をしているのではないかと推測する。

彼が私の意志に反して何事かを推し進めようとしたことは初めてだったため、ルピアを受け入れる話はそれほど耐え難いことだったのかと、内心苦々しく思った。

いずれにしても、私が意向を伝えた以上、ギルベルトは己の感情を抑え、ルピアを受け入れることが彼の役務だ。

後ほど注意をしなければならないなと心に留めながら、これ以上問題が拡大しないよう、アナイスにはっきりと告げる。

「アナイス、宰相が君にどんな説明をしたのか不明だが、王宮で何らかの立場を得るための相談があったのならば忘れてくれ。私の妃は一人だけだ」

アナイスは驚いた顔をした。

その表情を見て、ギルベルトめ、やはり余計な話をしているようだと、腹立たしく思う。

しかし、私とギルベルトとの不調和はアナイスに聞かせる話でないため、軽い調子で続けた。

「私と宰相の間に、ちょっとした齟齬《そご》が生じたようだ。そのせいで、わざわざ王宮まで出向いてもらうとは、手間を取らせた。だが、せっかくの機会だ。このまま『女神の愛し子』として王宮に滞在し、妃に女神の祝福を分け与えてくれないか。どうも最近、妃の体調が思わしくないようだからね」

アナイスが長期滞在用の荷物を持って王宮を訪れたことは、多くの者に見られているだろうし、彼女が滞在するための部屋を整えた侍女もいるはずだ。

彼女をこのまま帰すと不審に思う者が出てくるだろうから、もっともらしい役割を与えなければならないと考えての提案だった。

それに対し、アナイスは微笑みを浮かべて了承した。


――その日、朝食の席に現れたルピアは、普段通りの表情を浮かべていた。

同席しているアナイスが賑やかに話し続けるのをいいことに、さり気なくルピアを観察していると、表情は変わらないものの、気落ちしているように感じられる。

そうだとしたら、原因は明白だ。

妊娠を発端にした、私との不和を憂いているのだろう。

ギルベルトにルピアと腹の子は私のものだときっぱり言い切ったものの、そのことを彼女にどう伝えるべきか、私は考えあぐねていた。

なぜならルピアはどうあっても、腹の子の父親は私だと言い張り続けるように思われたからだ。

彼女の意見に同意することは簡単だが、今後も彼女と嘘《うそ》偽《いつわ》りない関係を続けていきたい私には、それが正しい方法だとは思えなかった。

そのため、彼女に何と言って理解させるべきかと悩んでいたのだ。

また、一方では、自分の感情を持て余していた。

なぜならルピアが過ちを犯したという事実はどうにも受け入れ難く、ふとした時に思い出しては私を苦しめていたからだ。

果たして寂しさだけで、ルピアが身を任せるだろうか。

彼女は子どもの父親を愛していたのではないだろうかと、答えの出ない問いを考えては、胸を焼かれるような思いを味わっていたのだ。

そして、そのことを不公平だと感じていた。

いつの間にか私は変容させられ、これほど彼女に囚われているのに、彼女にとって私は替えのきく相手で、裏切ったことに彼女が何の痛痒も感じていないように見えることを、悔しく思っていたのだ。

そんな自分の感情に折り合いをつけることができず、意地もあって、彼女への話を先延ばしにしていた。

私の中で彼女と同じ未来を歩んでいくことは決定事項であったため、時間は無限にあると思い込んでいたことも、先延ばしにした理由の一つだった。


しかし、その後、私は出席していた式典にて事故に遭い――猛毒を持つ蜘蛛に腕を噛まれた。

そして、本来ならば、そこで死ぬところだった。

私が続きの人生を与えられたのは、奇跡のような彼女の力のおかげに過ぎない。

定めに従うならば、そのまま不幸なエンディングを迎えていたのだ。

――なぜならそのまま死んでいたら、彼女を愛していると告げることはできなかったから。

――ルピアは私に愛されていないと誤解したままで、愛されない原因は自分にあったのだと、自らを責め続けただろうから。

あるいは、それが現実になるのか。

彼女は私の想いを知らぬまま、いつ目覚めるのか分からない眠りについたのだから。

18・後悔

「ルピア、ブランケットから腕が出ているが、寒くはないか？」

寝台に横たわっていた妻が、ブランケットから腕を突き出したのを見て、心配になって声を掛けた。

もちろん返事があるはずもないので、私は椅子から立ち上がると、彼女の状態を確認するため寝台に近付いて行った。

――彼女が私の身代わりとなり、昏睡状態に陥った日から、2か月が経過していた。

倒れた直後の彼女は酷《ひど》い状態で、耐えられないほどの苦しみに四六時中襲われていたが、最近では少しずつ穏やかに眠れる時間が増えてきた。

とは言っても、未だ安心できる状態には程遠く、彼女から目を離すことはできなかった。

そのため、私は彼女の寝室に小さな机を持ち込むと、寝台の近くに備え付けた。

そして、定期的に彼女の状態を確認しながら書類仕事をするのが、私の日常となっていた。

今日も普段通りに急ぎの書類を確認していたところ、目の端で彼女が動くのが見えたため、心配になって声を掛けたのだ。

季節は冬の最中《さなか》で、腕を剝《む》き出しにしては寒いだろうと考えながら彼女に触れると、予想に反してその腕は熱っぽかった。

つい先ほど確認した時は平熱だったため安心していたが、どうやら発熱してきたようだ。

ルピアの熱は簡単に、上がったり下がったりする。

そのため、これはよくない兆候だと心配しながら、彼女の額に浮かんだ汗を拭っていると、その間にも彼女の熱はさらに上昇してきた。

はあはあと彼女の吐く息が荒くなってきたことで、濃い毒が彼女の体内を回り始めたことを確信し、またもや苦しみの時間が彼女を襲うのかと考えて顔が歪む。

部屋の隅に控えていたミレナも、白い布を手にすると、慌てた様子で近付いてきた。

果たして悪い予想通り、ルピアは突然、呼吸困難に陥ったようで、目を瞑《つぶ》ったまま眉を寄せると、苦し気にシーツを握りしめた。

私はすかさず寝台に腰を下ろすと、彼女の上半身を抱きかかえたが、腕の中の彼女の顔色はみるみる青ざめていった。

「ルピア、ルピア」

声を掛けても彼女に聞こえるはずもなく、ルピアは上半身を折り曲げると、ミレナが差し出した布の上に吐血した。

その色はどす黒く、彼女の体の中に酷く悪いものが溜まっていることを示していた。

「……っ、…………」

声も出せずに苦しんでいるルピアの背中を、私は必死でさする。

「ああ、苦しいね、苦しいだろう。すまない。私より何倍も細くて、弱々しい君にばかり負担をかけて」

腕の中の彼女はかすかに震えていて、その体は燃えるように熱かった。

息ができずに苦しいのだろう。閉じられた彼女の瞳から、涙がぽろぽろと零れ落ちる。

「……ああ、ルピア、ルピア。すまない、すまない。苦しいね……」

何の役にも立たず、同じ言葉を繰り返すだけの私の腕の中で、強張ってガチガチになっていた彼女の体からふっと力が抜けた。

同時に、彼女の体温がどんどん下がっていき、がくがくと寒さに震え始めた姿を見て、慌ててブランケットを体に巻き付ける。

寝台の上に横たえると、彼女は私に背中を向け、まるで胎児のように体を丸めた。

同じタイミングで、寝台の上で大人しくしていた彼女の守護聖獣が、大きな尻尾をふわりと広げ、まるで温かな寝具でもあるかのように丸まった彼女の上に乗せる。

その感触が心地いいのか、ルピアは安心したように息を吐くと、そのますーすーと穏やかな寝息を立て始めた。

私はミレナから濡れた布を受け取ると、未だ汗で湿っている彼女の額を拭く。

不定期に訪れる苦しみの時間が、やっと1回終わったと考えながら。

そして、彼女はあと何回この苦しみに耐えなければいけないのだろうと考えて唇を噛みしめると、そもそもの始まりからこれまでの日々を思い返した。


――ルピアが倒れた直後は、全てが混乱していた。

そもそも私が運び込まれた部屋には、その時王宮に出仕していた高位貴族や上級文官たちが集められていたが、とても今後の状況を話し合える状態ではなかった。

なぜなら王である私が、猛毒を持つ蜘蛛に噛まれたからだ。

その場にいる全員が国王の死を確信し、混乱のるつぼと化していた。

そんな中、最期の言葉を聞き取りにきた王妃が王の毒を吸い出し――その場にいた多くの者はそう信じた――死にかけていた王が立ち上がったのだ。

ルピアを抱えて退室する私を、彼らはまるで動く死体を見るような目つきで見つめていた。

しかし、その場にいた者たちと同じように、実際は私自身も混乱していた。

ミレナのつぶやきが耳に入った途端、ルピアが告白してくれた彼女の秘密を思い出し、彼女に命を救われたことだけは理解していたが、真には『身代わり』の意味を理解していなかったからだ。

――その残酷さも。

私は意識を失った彼女を抱えたまま、長い廊下を進んだ。

それから、彼女の寝室に足を踏み入れると、寝台にゆっくりと彼女を下ろす。

移動してくるわずかの間にも、彼女の状態は悪くなっていた。

倒れた直後から熱かった体はさらに熱を持ち、時々、呼吸が途切れるとともに、びくりと痙攣《けいれん》するかのように体が跳ねる。

見下ろした彼女の全身は、深紫とも黒とも言える色に変色していて、尋常な状態でないことは一目で分かった。

すぐ後ろに付いてきた、王宮付き侍医を振り返る。

「妃を見てくれ！」

しかし、彼がルピアに触れるより早く、彼女は苦し気に息を詰めた後、真っ黒な血をごぽりと吐いた。

「ルピア！」

私は彼女のもとに駆け寄ると、片手を顎に添えた。

そして、もう片方の手を彼女の口に入れると、変色し固まった血液が彼女の喉を塞いでいないかを慎重に確認する。

その間に、彼女はもう一度、ごぽりと真っ黒い血の塊を吐き出した。

その様子を見て、側近くまで来ていた侍医が顔色を変える。

専門家である彼が顔色を変えるほどルピアの体調は悪いのかと、私は奥歯を噛みしめた。

それから、侍医が診察する間、苦痛に体を強張らせている彼女の耳元で安心させる言葉を囁《ささや》きながら、危険がないようにとしっかり抱きしめていた。

しかし、短い診察の間にも、彼女は呼吸困難に陥ったり、吐血したり、ぽろぽろと涙を零したりしていた。

そのどれもが苦し気で、見ているだけで胸が張り裂けそうな思いを味わう。

そんな心の動きに気付いた私は、心の中で己をしかりつけた。

――馬鹿げたことだ！　彼女は私が感じている何倍もの苦しみを味わっているというのに。

じりじりとしながら待ち続けた末の診断結果は、「分かりません」というものだった。

「分からないとは、どういうことだ‼」

思わずそう詰め寄る私に、侍医は続けた。

「私の知識の範囲では、王妃陛下はとっくに……息が止まっている状態です。血液がこれほど固まってしまえば、全身の血管を塞いでしまい、生命を維持する活動を行えなくなるからです。ですから、私にはなぜ王妃陛下が未だ命をつないでおられるのか分かりません」

「だが、ルピアは助かるのだろう!?　どうすれば……」

言いかけた言葉が、途中で途切れる。

沈痛な表情の侍医を見て、彼にもその答えが分からないことを理解したからだ。

絶望的な気持ちになると、私は憤懣《ふんまん》やるかたない思いで大きな声を上げた。

「こんな馬鹿な話があるものか！　蜘蛛に噛まれたのは私だ！　なぜルピアが苦しみ、命の危険にさらされなければならない!?　苦しむべきは私だろう!!」

見苦しいほど取り乱し、己自身に向けるべき怒りを吐き出す。

しかし、そう叫ぶ間にも、ルピアはごぽりと新たな血を吐き出した。

「……ルピア！　ああ、ルピア!!」

再び彼女の気道を確認した後、苦し気に涙を零す彼女を掻《か》き抱《いだ》く。

私にはもうどうすればよいのかが分からなかった。

どうすれば彼女を救うことができるのかが。

誰か、どうか、彼女を救ってくれ……。

そう強く願いながら彼女を抱きしめた瞬間、ぞくりと背筋が総毛立つ感覚を抱いた。

ルピアを庇《かば》うように抱きしめながら、慌てて顔を上げると、見たこともない生き物が目の前に立っていた。

首の周りにふわふわの膨れた毛をまとわせた、大きな尻尾を持つ、体長2メートルほどの四足獣が。

初めて目にする形状の獣だと驚いたものの、次の瞬間、この獣を肖像画の中で目にしたことがあったことを思い出す。

なぜなら目の前の獣は、全ての教会に飾られている「虹の女神」の肖像画の中に描かれていたからだ。

女神の横に寄り添って立つ、女神を守護する獣の姿として。

「守護聖獣『陽なる翼《バド・ラ・バトラスディーン》』……」

喘《あえ》ぐような声が、私の口から零れ落ちる。

――目の前にいたのは、虹の女神に付き従う聖なる獣だった。

なぜここに聖獣がいるのだろうかと考えた途端、その尊貴なる獣はルピアと私の間に体を割り込ませた。

そして、ルピアを背中に抱え上げるような形で私から引き離すと、そのまま寝台に上がる。

それから、器用にルピアを寝台に寝かせると、聖獣は彼女を守るかのようにその隣に横たわった。

「……バド様？」

ミレナがかすれた声で、聖獣に呼びかけた。

そうだ。間違いなく目の前の獣は聖獣で、その名前は陽《バド》だろう……と思った瞬間、ルピアが自分の聖獣だと紹介したリスの名前も、同じくバドだったと思い出す。

「……あのリスなのか？　まさか……」

驚きで絶句する私を、聖獣は馬鹿にしたように見つめてきた。

その尊大なる仕草が、ルピアが紹介してくれたリスそっくりに思われて目を見張る。

聖獣が私の問いに答えることはなかったが、その不遜な態度に既視感を覚え、ルピアのリスと同じ存在かもしれないと思わされた。

その瞬間、己が何か大きな過ちを犯しているような気持ちになって、心臓がどくりと跳ねる。

体中から血の気が引いていき、どくどくと心臓が大きな音を立てて早鐘を打ち始めた。

……「虹の女神」と聖獣が現れた話は、我が王国の長い歴史においても、王国創世時にしか存在しない。

女神にしろ、聖獣にしろ、おいそれと姿を現すような軽々しい存在ではないからだ。

もちろん、聖獣が現れたとしたら、それは吉兆に他ならない。

女神が彼女自身の御使《みつか》いである聖獣を、我々のもとに遣わされたということなのだから。

……その聖獣が、初めからずっとルピアに従っていた？

「ルピア、君は……」

しかし、その先を続けることができずに、ごくりと唾を飲み込む。

ルピアはもしかしたら、「虹の女神」に連なる尊き存在なのか？

そうだとしたら、私は……私を含めた我が国の全員が、初めから彼女の扱いを間違えていたことになる。

私と同じタイミングでそのことに気付いたのか、ミレナと侍医は慌てた様子で床に膝を突くと、聖獣に対して深く頭を下げた。

私も同様に膝を突くと、こちらを威嚇するかのように睨《にら》んでいる聖獣に頭を下げる。

それから、聖獣に謝罪し懇願した。

「聖獣様、これまでの態度にご無礼がありましたこと、無知ゆえのものとご容赦いただきますよう、伏してお願い申し上げます。……聖獣様が私の妃を手助けするために現れたのでしたら、どうか彼女を救ってください！」

しかし、聖獣は不愉快そうに喉を鳴らしただけで、返事をしなかった。

恐らく、私の言葉が気に入らなかったのだろう。

それを証するように、聖獣はルピアを包み込むように体を丸めると、話は終わったとばかりに、明後日《あさって》の方向に顔を向けた。

その様子から、聖獣はルピアを囲い込み、私にこれ以上触れさせるつもりがないのだと理解する。

聖獣の不興を買うことは分かっていたが、私は静かに立ち上がると、ルピアに近付いて行った。

牙を剥き出しにして威嚇してくる聖獣に、両手を上げて無抵抗の意を示すと、必死になって懇願する。

「ルピアが苦しんでいるのは、私の不手際が原因であることは承知しています。ですが、汗を拭うことや、清潔な服に着替えることくらいだとしても、私にできることがあるはずです。どうか彼女の側にいさせてください」

聖獣はやはり返事をしなかったが、剝き出しにしていた牙をしまったので、申し出は受け入れられたものと解釈する。

私はゆっくりとルピアに近付くと、ミレナから渡された布で彼女の汗を拭った。

それから、寝台の上に力なく横たわる小さくて、やせ細った、いとけない妻を見下ろす。

……私は、彼女の何を知っているのだろう？

彼女が何者であるのかも。

私のためにどれほどのことをしてくれたのかも。

なぜ「虹の女神」の聖獣を従えているのかも。

――私は何一つ理解していないのだ。

私が尋ねさえすれば、彼女は何だって答えてくれただろうに。

尋ねなかったのは、私の怠慢だ。

瀕死の妻の枕元に立ち、私は自分の愚かさに向き合っていた。

ルピアが倒れた日から、聖獣との奇妙な共同生活が始まった。

なぜなら私と同様に、聖獣は基本的に、一日中ルピアの側にくっついていたからだ。

そして、当然のことだが、私が気に入らないようで、一度も口を開くことはない。

私の方も寝台の側に置いた椅子に座り、一心にルピアの世話を焼いていたため、聖獣に気を遣う余裕がなかった。

そのため、同じ部屋にいながらも、互いに相手に関知することなく過ごしていたのだが、一方で、聖獣はミレナに対して優しい態度を示し、私との差を見せつけた。

どうやら聖獣は、ミレナを気に入っているようだ。

そのミレナも、私がルピアの寝室で生活を始めた時には、必死になって私を追い出そうとした。

「出て行ってください！　ルピア様はご自分が苦しむお姿を、国王陛下に見られたくないはずです！　意識を失う直前に、陛下の腕の中で微笑んだお姿だけを目にしてほしかったはずですわ」

何を根拠にしているのか不明だが、そのように主張して、私を追い出しにかかったのだ。

ミレナは私の乳姉弟で、これまで私に仕えてくれていたはずだが、いつの間にかルピアを最優先するようになっており、彼女を守るためなら私ですら邪魔者に思えるようだった。

短期間でここまでミレナを心酔させたルピアの魅力を誇らしく思うとともに、ミレナが一心にルピアに仕えていることをありがたく感じる。

しかし、それはそれとして、ここで追い払われるわけにいかないと、ミレナに対してきっぱりと主張した。

「それでは、私は砂糖菓子のように可愛《かわい》らしい彼女だけを覚えておけばいいのか？　実際には、これほど私のために苦しんでいるというのに、その姿から目を背けろと？　違うだろう。もしも私が苦悶に歪む彼女の表情を見て、想いが減少すると思われたのならありえない話だ。これほど苦しむことが分かっていながら、もう一度私の身代わりを引き受けてくれたルピアをより深く尊敬して、愛するだけだろう」

黙り込むミレナに、理解してもらうための言葉を重ねる。

「ミレナ、私はこの部屋にいなければいけない。そして、彼女が何を引き受けてくれたのかを、理解しなければいけないのだ」

私の言葉はミレナに届いたようだ。

不満の表情を浮かべながらも納得した様子を見せるミレナに、私は手助けしてくれるよう依頼する。

「私はこれまで、人の世話をしたことがない。そのため、最初のうちはさぞ手際が悪いことだろう。だが、剣の稽古にしろ、マナーの授業にしろ、二度注意されることはなかったから、教えられれば繰り返して失敗することはないはずだ。少しでも気になることがあれば、ルピアのためだと思って指摘してくれ」

そして、ミレナに一から教わりながら、聖獣とともにルピアの部屋で暮らす今の生活が始まったのだ。

初めのうちは、四六時中苦しむ様子のルピアを目の当たりにし、このままどうにかなってしまうのではないかと恐怖を覚えた。

彼女の細い体はいつだって熱を持っており、そうかと思えば、すぐに氷のように冷たくなる。

夜は夜ですぐに急変するので、私が目を離した途端に彼女が儚《はかな》くなってしまうのではないかと恐怖に襲われた。

そのため、私は寝台の側の椅子に一日中座っていた。

席を立つのは、トイレと体を清める時くらいで、食事も睡眠もその椅子で取る。

とはいっても、ほとんど眠ることはなく、夜の時間の多くは、暗闇の中でただ彼女を見つめていた。

そして、苦しそうな様子ではあるけれども、息をしているルピアを見て感謝した。

彼女が生きていてくれることに。

――――その頃になると、私も『身代わり』の残酷さを理解していた。

この奇跡の力には、死による解放がないのだということを。

通常であれば、耐えられない痛みや苦しみに襲われたとしても、限界を超えた時に「死」が全てを奪い去っていくだろう。

しかし、ルピアにはそれがなかった。

繰り返し、繰り返し、苦しむだけだ。

それは、とても残酷なことだった。

そんな彼女を目の当たりにした私は、ルピアを信じなければいけないと、強く自分に言い聞かせる。

苦しむルピアから目を逸《そ》らしてはいけないと。

彼女は決して苦しみから逃げ出す気持ちがないことを理解して、彼女の優しい想いと凛《りん》とした強さを尊重して、目覚める日を待つべきだと。

しかしながら、実際に目の前で苦しむ彼女を見続けるのは、非常に苦しいことだった。


――そんな毎日が繰り返されていたある日、ルピアが初めて言葉らしきものをつぶやいた。

夢を見ているのか、苦し気な呼吸の間から、途切れ途切れに何事かをつぶやく。

私は素早く彼女の枕元に駆け付けると、両手で彼女の片手を握りしめた。

そして、必死になって耳をそばだてると、彼女の言葉を聞き取ろうとする。

なぜならそれがどのようなものであれ、彼女が口にした内容を叶えたいと思ったからだ。

彼女の声は小さくて、集中して耳を澄ましていなければ、消えていくようなものだった。

「……ま、………リクスさま…………わたしが助け…………」

彼女はたったそれだけの言葉を口にしただけで体力を使い果たしたようだ。

握っていなかった方の手が中空をさまよった後に、ぱたりと寝具の上に落ちる。

そして、そのまますーすーと寝息を立て始めた。

――どんな間抜けでも分かる。

彼女がつぶやいたのは、私の名前だ。

彼女は私の夢を見ていて、私を心配しているのだ。

「……私は君に助けられたよ。私は無事だ」

握っていた彼女の手に額を押し当てると、届かない言葉を繰り返しつぶやく。

彼女は目を瞑ったまま、微動だにしなかった。

眠っている彼女は年齢よりも幼く、あどけなく見えた。そして、心配になるほど痩せていた。

その姿を見て、詰めていた息を吐く。

――ああ、私は無力だ。

王であるのに、彼女を守り庇護すべき夫であるのに、彼女のために何もできない。

ルピアは一人で苦しむしかないのだ。

彼女の苦しみを和らげるため、私は何一つ手助けできないのだから。

私にできることは、ただ――ルピアの手を握り、彼女の苦しむ様子を見ていることだけだった。

ルピアが倒れてから1か月が経過した。

未だ予断を許さない状態であるものの、ルピアの体調は少しずつ落ち着いてきており、その影響か、私は初めて『政務はどうなっているのだろう』と気になった。

思い返してみれば、この1か月の間、全く仕事をしていない。

時折、ギルベルトが持ってきた書類に、言われるがままサインをしていただけだ。

ギルベルトは今回の件に罪悪感を覚えているようで、普段であれば『王の仕事です』とかっちり私にやらせる書類を、一切私のもとに持ってこなかった。

それどころか、ルピアの寝室にすら近付き難いようで、どうしても私のサインが必要な書類を持ってきた時も、何部屋も離れた先の廊下で待っていた。

その日、日に三度の定期診察に訪れた侍医に、2時間ほどルピアのもとを離れる旨を相談した。

自分とミレナが付いていれば問題ないと、侍医が請け負ってくれたので、ルピアの体調が急変しなければ、その日の午後に久しぶりに執務室を訪れることにする。

そのため、いつものように寝台近くに座って診察を見守った。

侍医は慎重にルピアを診た後、私に向き直る。

「王妃陛下はよく頑張っておられます。体の色が少しずつ元に戻ってきておりますので、毒が抜けてきているものと判断されます。王妃陛下のお体にも、お腹《なか》のお子様にも問題はありません」

私は無言のまま、ルピアに頭を下げた。

そして、自分にこのようなことを聞く権利はないと分かっていながら、侍医に質問した。

「一つ尋ねたい。妃の懐妊を確認し、彼女に伝えたのはお前だったな。……その時、ルピアは何か言っていたか？」

――愚かな、愚かな私の最大の過ちは、ルピアの腹の子を私以外の男性の子どもだと信じたことだ。

愚昧なことに、当時は自分の考えを疑うこともなかったが――今となっては、なぜそのような間違いをしたのか不思議でならない。

あれほど真心だけをくれた彼女を、なぜ私は疑ったのだろうと。

彼女が魔女であることを信じる方が簡単だったというのに。

そして、ルピアが魔女であることを受け入れた時、当然のこととして、彼女の腹の子の父親は私だと理解した。

――不面目なことに、その瞬間、私の裡《うち》に湧き上がった最も強い感情は歓喜だった。

誤解からルピアに酷いことをしてしまったと、心底申し訳ない気持ちを覚えたが、それよりも、私が父親であったのだという歓喜の方が上回っていたのだ。

ルピアには感謝しかない。

たった半年で私の子を身籠ってくれ、そして、ずっと腹に抱えてくれているのだから。

……嬉しい、と思う。

素直に、彼女が私の子を身籠ってくれたことが嬉しい、と。

本当に自分勝手なことに、その時、私はルピアの足元に跪《ひざまず》くと感涙した。

嬉しくて、嬉しくて。ありがたくて。

――そのような資格は、自分にはないと分かっていながら。

なぜなら彼女の腹の子を、私自身が否定したのだから。

その行為は、何の根拠もない言いがかりでしかなかったというのに。

ルピアは泣いただろう。私の非道さを悲しんだに違いない。

そんな彼女自身は、一片の過ちもなかったのだ。

――だから、分かっている。

私には、侍医に質問する資格がないことは。

私が自ら捨て去った時間なのだから、彼女が妊娠をどのように感じたかを知る権利はないのだ。

分かっていながらも、私はもうどうしてもルピアの気持ちを知りたくなって、侍医に質問した。

彼は少しの間、黙って私を見つめていた。

今さらそのようなことを尋ねるとは愚かだなと考えていたかもしれないし、その時のルピアの言動を思い出していたのかもしれない。

緊張しながら待っていると、侍医は静かに口を開いた。

「ご懐妊ですとお伝えしたところ、王妃陛下はぽろぽろと涙を零されました。胸にたまった激しい感動を零されるかのように。しかし、すぐに花が開くように微笑まれて、『フェリクス様が喜ばれるわ』と口にされました」

私はしばらく声を出すことができなかった。

溢れ出る激しい感情に、胸がいっぱいになったからだ。

「……ありがたい、ことだな。ルピアは私が喜ぶことを、信じてくれたのだ」

少なくとも、その瞬間の彼女は幸福だったのだ。

……ああ、ルピアはなぜこれほど優しいのだろう。

いつだって、私のことを思いやってくれる。

妊娠した時も、一番に私のことを考えてくれたのだ。

そんな風に、その時の私は彼女のことを理解したつもりになっていたが、――――その直後、実際には何一つ理解していなかったのだという事実を目の前に突き付けられた。


その日、私は執務室で1通の手紙を受け取った。

「これは？」

悲壮な顔つきのギルベルトから手紙を受け取った私は、薄紫色の封筒に目をやった。

私が執務室を訪ねることについては、事前に連絡を入れていた。

その際、この1か月の間に起こった重要案件の報告をするようにと指示していたのだが、どういうわけか椅子に座ると同時に、この封筒を手渡されたのだ。

「申し訳ありません、私の不手際です。そちらは、40日前に王妃陛下がフェリクス王宛てに作成されたものです。封書の横に受取日が記載されていましたので、日付に間違いありません」

「……ルピアからだと？」

戦場にいた時以外で、彼女から手紙をもらうのは初めてだったため、動揺して声がかすれる。

「はい、一月《ひとつき》以上前に、王妃陛下付きの騎士がこの手紙を持ってきました。時間帯が早朝だったため、執務室には下級事務官しかおらず、手紙は『未読』の箱の中に分類されておりました。王妃陛下からの手紙であれば、何を差し置いても王にお見せすべきでしたのに。私の指導が至らなかったせいです」

ギルベルトはそう言うと、見たことがないほど深々と頭を下げた。

彼は言いたくないことがある場合に沈黙することはあるが、虚言を並べ立てることはない。

そのため、彼の言葉通りに下級事務官の不手際だったのだろうが、ギルベルトは自分のせいだと深く反省しているようだった。

40日前と言えば、ルピアの妊娠が分かり、私が彼女を誤解していた頃だ。

その時期に彼女が私に宛てた手紙と聞いて、さっと血の気が引く。

「なぜ今日になって、手紙が見つかったのだ？」

わざわざ手紙にしたためたのは、どうしても私に伝えたいことがあったからに違いない。

この手紙には、その時期に私が読むべき内容が書かれているはずだと考え、封書を持つ手が震えた。

宰相は青白い顔で、私の質問に答える。

「本日、フェリクス王が執務室を訪問されることについては、事前に連絡を受けておりました。そのため、これまで目を通していなかった書類や手紙を整理したところ、王妃陛下の手紙が出てきた次第です。誠に申し訳ございません」

宰相に返事をする気にもなれず、私は手元の封書に視線を落とした。

そこには、流麗な文字で私の名前が書いてあった。

封蠟《ふうろう》で刻印されており、手紙が開かれている様子はなかったため、震える手でペーパーナイフを使って封筒を開く。

中には10枚ほどの紙が丁寧に折りたたまれて入っており、手本のような美しい文字でびっしりと書き込まれていた。

――手紙に書かれていたのは、私が彼女に尋ね、知るべき内容だった。

曰《いわ》く……。

彼女は7歳の時に1歳年下の私と出会い、私を「相手」と定めてくれたこと。

その時からずっと、夢の形で私の生活を共有してくれたこと。

虹をかける魔法を身に付け、私にとって意味がある日に虹をかけ続けてくれたこと。

……「虹の女神」の祝福だと思っていたものがルピアの魔法だと知ったら、私が失望すると考え、言えなかったことへの謝罪と、代償として体調を崩すことを体が弱いと誤解され、心配を掛けたことへの謝罪。

2年前、戦場で死にかけていた私の怪我を、身代わりとしてルピアが引き受けたこと。

その際の傷が酷かったため、聖獣の城で2年間眠り続けたこと。

それから――――。

子どもは身代わりを引き受ける前に授かったもので、私の子であることを、ルピアの身分と名前に誓うと。

説明が上手《うま》くなく、私に誤解をさせ、苦しい思いをさせてごめんなさいと。

――そう綴《つづ》られていた。

手紙を読み終わった私は打ちのめされ、何一つ口にすることができなくて、無言のまま手紙をギルベルトに渡すと、両手で顔を覆った。

手紙の内容に触発され、以前、ルピアに言われた言葉を思い出す。

『い、いえ、それは…………、じ、実は、私は幼い頃からフェリクス様のことを、ちょっと、少し、毎日くらい、覗《のぞ》き見ていたのです。だから、よく知っているのです。ごめんなさい。すみません』

ころころと可愛らしく表情を変えながら、ルピアはいつだって嘘偽りない真実を語ってくれたのだ。

『ええっ!? い、いえ、もちろん違います! そうではなくて、魔女として、お相手の夢を毎晩見ていたのです』

信じなかったのは私だ。

手紙を読み終わった様子のギルベルトが床に頽《くずお》れるのを、空気の動きで感じ取る。

しばらくはどちらも口を開かず――執務室には私とギルベルト以外は誰もいなかったため――耳に痛いほどの沈黙が広がった。

心中に去来する想いがどうしようもないほど膨れ上がり、どうにも気持ちが抑えられなくなった私は、考えがまとまらないまま、頭に浮かんだ想いを声にする。

「……私は幼い頃、自分が嫌いだった。王族として一番大事な髪色に不備があったため、誰も私を肯定せず、受け入れてくれなかったからだ。だが……8歳の誕生日に、王宮上空に虹がかかった。

それは、それは美しい虹が、まるで私の誕生日を祝福するかのように、王宮上空の端から端までかかったのだ」

10年以上経った今も、あの虹がどれほど大きくて美しかったかを覚えている。

その時の感動も。

「次に、私が従騎士となった日に虹がかかった。さらに、私に勲章が授与された日に。それから、毎年の誕生日には必ず、美しい虹が王宮上空の端から端までかかるようになった。……初めて虹を見た時は、感動して言葉を失ったな。そして、こっそりと一人で泣いた。それは私に与えられた、初めての優しさだったから」

なぜだか私には、あの虹が私を祝福してくれているように思われたのだ。

「虹がかかるのが、二度、三度と重なると、その荘厳さがどんどん身に染みてきて、心が震えるような気持ちになった。そして、三度目の奇跡が重なった時、私は『虹の女神』の慈愛を感じることができた。『……ああ、世界は私に優しい』と、心からそう思うことができたのだ」

その時、何かを床に打ち付けたような音と、ギルベルトの引きつれたような声が聞こえた。

彼は幼い頃から私の側にいたので、当時の私の気持ちを想像したのかもしれない。

「これほど何度も偶然が重なるはずもないから、世界が、女神が、私に示してくれたのだと考えた。『お前を見ている』と。『お前を愛している』と。私は嬉しさのあまり、初めて声を上げて泣いた。『ああ、私は愛されていた』そう信じることができたから。そして、その日から、私の全ては一変した。私は顔を上げてまっすぐ未来を見つめることができるようになったし、その未来は輝いていたのだから」

私は顔の上半分を覆っていた両手をおろすと、天井を見つめた。

「……私はずっと、自分は孤独だと思っていたが、甘ったれていただけだった。ルピアはずっと私の側にいて、私の心を守ってくれていたのに。確かに私は幸せで、寂しくはなかったのに」

「…………フェリクス王……」

ギルベルトがくぐもった声で私の名前を呼ぶ。

しかし、私は返事をすることなく、憑《つ》かれたように言葉を続けた。

「私は大きな思い違いをしていた。世界は私にとても優しいと思ったが、……世界が私を見ていたわけでも、私を愛していたわけでもなかった。ルピアだったのだ」

私は震える手で己の虹色髪に触れると、声を絞り出した。

「幼い頃からずっと、虹という祝福をくれ、私の心を守ってくれたのは、ルピアだった」


そこまで口にすると、私は目を瞑って、ぐっと眉間に力を入れた。

様々な感情が胸に渦巻いていたため、それ以上は一言だって口にできると思えなかったし、言うべき想いは全て言葉にしたと思ったからだ。

――ルピアは幼い頃からずっと、私を見ていてくれた。

優しい、無心の思いやりを与え続けてくれたのだ。

対して、私は一体何をルピアに返せただろうか。

これまでの行いを思い浮かべ、彼女の真心にどれほど応えられていたかを考える。

……結婚当初は、私なりに誠意を持って、彼女に接することができていたように思う。

もちろん、ルピアの行為と比較すると、話にもならないレベルだろうが、彼女は幸せそうに笑ってくれていた。

それなのに、――私の酷い誤解が全てを破壊したのだ。私が……。

ルピアへの不当な行為を思い返し、絶望的な気分を味わっていると、足元でかすれた声が聞こえた。

初めのうちは無視していたが、何度も繰り返し名前を呼ばれたため、目を開けて視線をやる。

すると、床に這《は》いつくばったギルベルトが、真っ青な顔色で私を見上げていた。

「へ、陛下……私は大きな過ちを犯しました。……フェ、フェリクス王は側妃を娶《めと》る用意があると、王妃陛下にお伝えしたのです！」

瞬時に、私の顔色がギルベルト以上に青ざめる。

「……何だと？」

言葉は耳に入ったものの、言われた意味が理解できない。

目を見開いてギルベルトを見つめると、彼は震える両手を組み合わせた。

「私は王妃陛下が恐ろしかったのです。……王妃陛下が嫁いで来られた当初、王妃陛下が頻繁に執務室を訪れられるので、公務の妨げになると判断し、今後は食事をお持ちするのをお控えくださいと申し上げたことがありました」

「なぜそんな余計なことをしたのだ！」

またもや私の知らない話が飛び出してきたため、腹立たしく思って叱責する。

何ということだ。ギルベルトはいつの間にこれほど暗躍していたのだ。

「それなのに、王妃陛下は一切不快に思われることなく、『宰相の考え通り、私ではフェリクス様に不足しているわね。今後は精一杯頑張るから』というようなことをおっしゃったのです。あの時、王妃陛下は私と全く異なるもの……優しさだとか、思いやりだとか、……善いものだけで構成されていることに気付きました」

話を聞いて、ルピアの優しさがよく分かるエピソードだなと、ほっこりする。

しかし、ギルベルト自身はその当時、ルピアの善性を良いことだと思っていなかったように思われたため、顔をしかめて話の続きを聞く。

「このような方が相手であれば、フェリクス王は魅了されてしまうのではないかと、私は恐怖を覚えました。そして、実際に、王は王妃陛下にどんどん傾倒していかれ……最後には、不義の子ですら自分の子として引き受けるとおっしゃったのです！」

その時のことを思い出したのか、ギルベルトは恐怖に顔を引きつらせると、両手で髪をかきむしった。

「私の一族は先祖代々、スターリング王家に仕えてまいりました。クラッセン侯爵家は王家のためにあり、支えていくことが喜びでしたのに、王は……よりにもよって、王の血が入らない子を王家の子と見做《みな》すと決断されたのです！　……少なくとも、当時の私はそう考えていました。過ちは繰り返されるものです。王妃陛下がお産みになる子どもの全てに、フェリクス王の血が入らない可能性があることに、私は戦慄《せんりつ》しました」

「それは完全なるお前の妄想だ!!」

勝手な想像で、何てところまでルピアを貶《おとし》めるのだと、かっとなってギルベルトを叱りつけると、彼は血走った目を私に向けてきた。

「……ですから、私が何とかしなければいけないと考え、その日のうちに王妃陛下のもとを訪れました。そして、結婚契約書に基づいて、王は側妃を娶るとお伝えしました。王以外の子どもを身籠られている王妃陛下には、今後1年ほど王の子をお産みすることができないので、王は速やかに側妃を娶られると。そのことに関して、王妃陛下の承諾は必要ないとも申し上げました」

「お前は何てことをルピアに言ったのだ!!」

私は思わず椅子から立ち上がると、わなわなと震える両手を体の横で握りしめた。

そうでもしなければ、ギルベルトの首を締め上げてしまうと思ったからだ。

しかし、今度は自由な足で、真っ青な顔をして床に這いつくばっているギルベルトを踏み潰したい衝動に駆られる。

「側妃相手としてバルテレミー子爵家のアナイス嬢を予定していること、事前に王との相性を確認するため、王宮に彼女の部屋を用意することをお伝えしました。その際、王妃陛下の口から直接、ご懐妊されているのは王の子だと教えていただきましたが、私は信じもせず、アナイス嬢は元々王の妃に内定しており、そこに割り込んできたのがルピア妃だと、王の側に必要なのは『虹の乙女』であると断言したのです」

「ギルベルト！」

私は思わずギルベルトの胸倉を両手で摑《つか》むと、床に這いつくばっていた相手を力任せに引き上げた。

「そんな話を聞いて、ルピアがどう考えると思うのだ！　しかも、お前の言葉選びは最悪だ！　王との相性など……普通に考えたら、連想するのは閨事《ねやごと》だろう！　お前は妊婦を相手に、なぜそんな心労をかける話をするのだ!?　いや、待て……アナイスは王宮に来ていたぞ。私がその相性とやらを確認したと誤解されていたら、どうやってルピアに潔白を証明すればいいのだ!!」

怒りのまま、がくがくとギルベルトを揺さぶると、彼は目を白黒させた。

「お、王……」

彼の間が抜けた表情を見て、怒りが倍増する。

「しかも、ルピアが私とアナイスの間に割り込んだなど……何の関係性もない者同士の間に、どうやって割り込めるのだ!?　ただでさえ私は多くの間違いを犯して、ルピアの審判を待つ身だというのに、もしもルピアが誤解をして身を引こうと考えたら、私はどうすればいいのだ!!　ああ、それよりもルピアはそんな誤解をしたまま眠りについたのか!?　ギルベルト、本当にお前は何てことをしでかしたのだ!!」

力を込めて服を引っ張ったため、首元が絞まったようで、青白かったギルベルトの顔色は紫色に変色してきた。

しかし、彼は一言も苦情を言うことなく、かすれた声を出した。

「と……、とんでもないことをしでかしたことは理解しております。私は王妃陛下に、『3年かけて歪みが正される』と話をしました。しかし、そうではなく、私自身が正しかったものを歪めてしまったのです。フェリクス王、本当に申し訳ありませんでした」

「私ではなく、ルピアに謝れ!!」

私は怒りを込めて、ギルベルトの謝罪の言葉を叩《たた》き返した。

ルピアに対して、私は多くの間違いを犯した。

もちろん一番悪いのは私だが、王の過ちを正すのが宰相の役目ではないか。

「宰相職の者が、私以上に間違いを犯してどうするのだ。……私がルピアなら、こんな国は嫌になって、母国へ帰るぞ……」

絶望的な表情で頭を抱えた私に、未来予知の力があったとは思えない。

しかし、数日後、乙女の夢を体現したような超絶美形の公爵が、大国ディアブロ王国からルピアを訪ねてくることになる……。


――ルピアの手紙に打ちのめされた私は、その後、ほとんど公務を行うことなく妃のもとに戻った。

その際、ギルベルトを連行してきた。

『王妃陛下に顔向けができない』との理由で、これまでルピアの部屋に近付くことを固辞してきたギルベルトだったが、そもそも眠り続けているルピアに対し、顔向けできるほど近付けさせるはずもない。淑女は夫以外に寝顔を見せないものなのだから。

寝室に続く居室にギルベルトを招き入れ、ミレナを呼ぶ。

入室してきたミレナは兄の姿を認めると、目に見えて分かるほど顔を強張らせた。

ギルベルトは既にボロ雑巾のようにくたびれ果てていたが、ミレナはそんな兄の姿を見ても全く同情心が湧かないようだ。

その様子を見て、ギルベルトがこれまでルピアにものすごく酷いことをしたのではないかと心配になる。

私はギルベルトとミレナを椅子に座らせると、口を開いた。

「ミレナ、ルピアが倒れて以降の私は、彼女以外に目を向ける余裕がなかった。もちろん彼女は未だ予断を許さない状態のため、今後も彼女に付いているが、それだけでは不十分なことに気付いたのだ。ルピアが目覚めた時のために、彼女に快適な環境を整える必要があるからだ」

ミレナは「はい」と返事をしたものの、その表情は友好的と言えなかった。

これまでミレナの言動にあまり注意を払っていなかったが、どうやら彼女は私のことも好意的には捉えていないようだ。

ルピアの一の侍女がそう感じているとしたら、これまでの私はルピアの夫として、明らかに不足していたのだろう。

思い当たることしかなかったので、きちんと言葉で表明する。

「お前には、未だ反省が足りていないように見えるかもしれないが、私は自分がルピアに対して不平等で不親切だったことを自覚しているし、二度と繰り返さないと自らに誓っている。だが、ルピアの環境を整えるためには、私だけが改善しても不十分だ。そのため、周りの者も正していくつもりでいる。手始めに宰相に確認したが、ルピアに対する態度は酷いものだった。その件について、お前に尋ねたい」

ミレナは無言だったが、何を聞きたいのかとばかりに目つきを鋭くした。

私は咳払《せきばら》いをすると話を続ける。

「ギルベルトが私は……その、側妃を迎える予定だとルピアに話をしたそうだが、……ルピアはその話を信じていたか？」

彼女は私に一度も、側妃について確認してこなかった。

そのため、もしかしたらルピアはギルベルトの話など信じていなかったのではないか、との希望的観測を抱いたのだ。

しかし、希望的観測は得てして外れるものだと相場が決まっている。

果たして、ミレナは下劣な者を見るような目で兄を見やった。

「我が兄は腐っていますが、宰相ですからね。地位に基づく信頼性の高さを利用して、宰相として話をしたのですから、ルピア様が信じないはずはありません」

ルピア様は常識ある王妃陛下ですからと続けるミレナを前に、ギルベルトは蛙が潰れたような声を出した。

「ぐくっ」

私は落ち着くために、震える手でゆっくりと口元を撫《な》でると、もう一度同じ質問を繰り返す。

「ルピアは……信じたのか？」

「……ルピア様の御心はルピア様のものなので、私はあくまで推察することしかできませんが、お気持ちが揺れていたように見受けられました。宰相が口にするのならば事実に違いないと思われる一方で、国王陛下がそのことに触れられないのならば、王の望みは異なるのかもしれないと、お心が定まらない様子でした」

「ああ……」

私は両手で顔を覆った。

ルピアは妊娠していたのに、不安な日々を過ごしていたのだ。

恐らく、私が別の女性を娶るとの話は、子どもの父親を疑った時と同じくらいの悲しみを、ルピアに与えたに違いない。

私はそろそろルピアが何も……不平や不満といったマイナスの話は、一切私と共有しようとしないことを覚えなければいけないと自分に言い聞かせる。

ルピアはいつだって、こんなに楽しいことがあったのだと笑って話をしてくれたから、彼女の毎日は楽しいことで溢れているのだと勘違いをしていたが、もちろん嫌なことや、辛いこともあったはずだ。

『虹の女神』の信奉者がルピアに無礼な振る舞いをしたとの報告を受け、彼らを粛清したこともあったのだから、いつだって笑っているルピアの心の裡を考えてみるべきだったのだ。

過去の行いを顧みて深く反省していると、ミレナの声が聞こえた。

「そのような中、ビアージョ騎士団総長も『虹の乙女』を側妃として薦められましたし……」

「ビアージョもだと!?」

私は弾かれたように、項垂《うなだ》れていた顔を上げる。

それから、実直な騎士団トップの姿を思い浮かべると、首を横に振った。

なぜ私が信頼する者たちが、誰もかれもルピアに辛く当たっているのだ!?

次々に発覚する新たなルピアの仮想敵に、私は信じられない思いで言葉を失う。

そんな私の前で、ミレナは一旦言葉を切ると、胸の中で荒れ狂っている激しい感情を抑えつけるかのように大きく息を吐いた。

それから、はっきりと私を睨みつけてくる。

「ええ、その通りです！　ルピア様は一言だってそのことをおっしゃいませんでしたけど、私は近くに控えておりましたから、しっかりとこの耳で聞きましたわ！　それから、少なくとも、ルピア様が身代わりになる直前には、ご側妃のことを信じていらっしゃったはずです。事実だと発覚しましたから」

「事実だと？」

きっぱりと断言したミレナを見て、一体彼女は何を言っているのだと不審に思って眉を寄せると、私がとぼけていると思われたようで、彼女はかっとした様子で攻撃的な声を出した。

「ルピア様が身代わりになられた日の午前中、アナイス嬢が訪ねてこられましたわ！　彼女ははっきりと言いました。『たった今、私が側妃としてフェリクス王のもとに上がることが、妃選定会議で認められました』と。ですから、今後とも仲良くしてくださいと、ルピア様に宣戦布告をしていったのです!!」

「……………………は?」

私は心の底から驚いた。

そのため、これ以上はないほど目と口を大きく開いて、間抜け面を晒《さら》す。

ギルベルトも同様で、私以上に驚愕した表情を浮かべていたが、身を乗り出し過ぎたようで、椅子から転げ落ちていた。

そんな私たちを、ミレナは鋭い目つきで睨みつけてきた。

「妃選定会議……どういうことだ?」

妃選定会議が開かれるのであれば、私に連絡が入らないはずがない。

だが、私が最後に開催の打診を受けたのは、ルピアを選定した3年半前だ。

それ以降、妃選定会議は開かれていないし、ルピアがいる以上、開く必要もなかったのだ。

念のためにと、確認すべくギルベルトを見やると、床に座り込んだままぶんぶんと首を横に振られた。

王と宰相が知らない重要会議が、この国で開かれるはずがない。

「ミレナ、それはアナイスの虚言だ。妃選定会議が開催されたのは3年半前が最後だ」

しかし、ミレナは私の言葉を疑う様子を見せた。

「そんなはずありませんわ!!　アナイス嬢ははっきりと言い切られたのですから！　そのうえ、この国の慣習に則《のっと》って、側妃として正妃の宝石を要求されたのです！」

「……宝石を？」

思ってもみない話が飛び出したため、言葉を発するまでに一呼吸が必要だった。

確かに、ミレナの言う慣習はあった。

スターリング王国においては、正妃の子も側妃の子も等しく王位継承権が設定されるため、妃同士の軋轢《あつれき》をなくすため、『姉妹のような関係になりましょう』との意味を込めて、正妃が側妃に宝石を下賜するのだ。

しかし、側妃になる事実もないのに宝石を要求するとしたら、アナイスの行為は度が過ぎている。

表情が消えた私を何と思ったのか、ミレナは感情的な口調で続けた。

「もちろんルピア様は、王に事実を確認しないことには宝石を差し上げることはできないと発言され、拒否されました。すると、アナイス嬢は『大国の王女でもあった方が、宝石一つを出し渋るなんて、しみったれだと思われますわ』と、喚き散らしたのです！　ルピア様に対して!!　あまりに悔しかったので、未だに一言一句覚えていますわ!!」

ミレナの怒りは、もっともなものに思われた。

そして、先ほどから彼女が私に対して好意的でなかったことに納得する。

私のことを一心に想う妃を差し置いて、他の妃を娶ろうとしていると誤解していたのであれば、立腹するのは当然だ。

「それは、王妃に対する態度ではないね」

私の静かな声を聞いて、ミレナがはっとしたように口をつぐんだ。

そんなミレナに対し、私は確認する。

「それで、私が知っておくべきことは他にあるか？」

ミレナは憑き物が落ちたかのように落ち着いた態度を見せると、ぱちぱちとしきりに瞬《まばた》きを繰り返した。

「いえ……、ああ、はい、ルピア様は直接王に、アナイス嬢の言葉の真偽を確認されたいご様子でした。そのため、必ずその日のうちに、王とご面会の機会を作ろうと努めていましたが、その直後に毒蜘蛛騒ぎが起こりました」

ミレナはそう締めくくったが、それにより私はやっと、ルピアが身代わりになった日までの出来事を時系列で把握することができた。

私はルピアの状況を――彼女が多くの誤った情報を伝えられていたことを、ようやく知ったのだ。

「……なるほど。それだけのことをされれば誰だって、私が側妃を娶るものだと信じるだろうね。にもかかわらず、ルピアが……人と争うことが嫌いで、いつだって黙っている彼女が、私に会って確認しようとしてくれたのか」

ルピアの性格を理解した今は、その行為が何倍も尊いものに思われてくる。

「ルピアの行為を確認すると……事実に反して、不義の子を身籠ったと責め立て、さらには側妃を迎えようとした夫を庇って、身代わりになったのか？　少なくともルピアはそう信じていたはずだが、……そんな慈愛に満ちた行為が、果たして可能なものか？」

この1か月で思い知った。

身代わりになる行為が、どれほど辛くて苦しいのか。

――戦場において、一度傷を負った者は、その痛みを覚えているほどに動きが鈍る。

もう一度同じ傷を負うことを恐れるからだ。

それなのに、ルピアは一度私の身代わりになり、2年間も苦しんでおきながら、何の躊躇《ちゅうちょ》もなくもう一度、私の毒を引き受けたのだ。

それも、彼女を誤解して責め立て、さらには別の妃を迎え入れようとしていた相手のために？

――無理だろう。

どんなに慈愛の心があったとしても、それは不可能な行為だ。

私は顔の上半分を片手で覆うと、はあっと息を吐きだした。

三度繰り返して考えたが、やはりルピアの示してくれたような慈愛が存在するとは思えなかった。

「今の私にはとても難しく思えるが、……当然のように、ルピアと同じ行為ができるようになって初めて、私は彼女に謝罪できるのだろうな」

私は顔を覆ったまま、短い声で指示を出した。

「アナイスを呼べ。テオもだ」

近くに控えていた侍従は一礼した後、私の命を実行するために部屋を出て行った。

「ギルベルト、お前はアナイスに何と説明したのだ？」

しばらくの沈黙の後、少し落ち着いた私は、未だ床に座り込んだままのギルベルトに質問した。

ルピアが倒れるまでの間、アナイスはしばらく王宮に滞在していたが、そもそも彼女はギルベルトが呼び込んだからだ。

その事実が発覚した際、彼を戒めてはいたが、ルピアに側妃の話をしていたことを知らなかったため、大した事柄だと考えずに詳細を確認していなかった。

私の質問を受けたギルベルトは真っ青な顔を上げると、途切れ途切れの言葉を吐いた。

「私がアナイス嬢にお伝えしたのは、王国の今後を見据えて、王の近くに仕えてほしいということです。実質的に決定していることは何もないが、まずは王宮で暮らし、アナイス嬢の存在感を高めてほしいと申し上げました」

ギルベルトの良いところは、どれほど自分に不利な場面でも、決して虚言を口にしないことだ。

そのため、彼の言葉を疑う手間を省くことができる。

「なるほど。上級官吏お得意の仄《ほの》めかしか。ルピアにははっきりと側妃との単語を示しておきながら、一方のアナイスには何一つ明示しないとは、お前は優秀だな。宰相まで上り詰めただけのことはある」

完全なる皮肉を口にすると、さすがに理解したようで、ギルベルトは深く頭を下げた。

必要なことは聞き終わったため、宰相を一旦下がらせると、私はルピアが眠っている寝室に戻った。

この1か月、朝も昼も夜も彼女に張り付いていたので、ほんの数時間離れただけで、居ても立ってもいられない気持ちになったからだ。

ルピアの額に浮かんだ汗を拭いた後、頭を撫でていると、聖獣が邪魔をするかのように私とルピアの間に尻尾を差し挟んできた。

「……聖獣様、それでは妃の顔がよく見えません。どうぞ尻尾を移動させてください」

聖獣を見つめながら丁寧に頼んだが、聖獣からは聞こえない振りをされただけだった。

聖獣は変わらず私のことを許し難く思っているようで、時々、今のような嫌がらせをされる。

しかし、嫌がらせをされる方が、無関心でいられるより何倍もいいだろう。

私は仕方なく、ルピアの頭を撫でる代わりに聖獣の尻尾を撫でた。

「聖獣様、私はいつもこんな風にルピアを撫でるのですよ。体感してみたかったのですか？」

しかし、幾度も撫でないうちに、聖獣は不愉快そうな様子で、尻尾を自らの体の近くに引き寄せた。

それから、むっとしたように私を見つめてきたので、久しぶりに視線が合ったなと思う。

「……聖獣様、お礼を言わせてください。ずっとルピアを守っていただきありがとうございます」

私は聖獣に対して頭を下げた。

聖獣が私の言葉を聞いてくれるかどうかは不明だったが、聞いてほしくて言葉を続ける。

「先ほど、ルピアの手紙を読みました。その中に、彼女が生まれた時からずっと聖獣様が隣にいて、守ってくれたのだと書いてありました。リスの姿をされていた時も、彼女と仲睦《むつ》まじいご様子でしたし、ルピアと心を通わせていたのですね」

羨ましいと思う気持ちが声に表れてしまい、ふっと自嘲の笑みを零す。

聖獣はルピアと正しく向き合うことで、心を通い合わせたのだろう。

だとしたら、私も同じことをすればいいだけだ。

「バド様が聖獣様だと分かって以降、なぜこれまで聖獣であることを隠し続けてこられたのかと、その理由を考えていました。始めのうちは見当もつきませんでしたが、ルピアのことを少しずつ理解できるにつれ、理由が分かってきたように思います」

　聖獣は馬鹿にしたように尻尾を動かした。

　その様子から、『お前に分かるものか』と言われているような気持ちになる。

「ルピアは優しくて、思いやりがあって、……幼い頃からずっと、私に祝福を与え続けてくれ、心を守ってくれました。そして、二度も私の身代わりとなり、痛みと苦しみを引き受け、命を救ってくれたのです。……それほどのことができる、素晴らしい女性です」

　私は正しく気持ちが伝わるようにと、聖獣をまっすぐ見つめて言葉を続けた。

　真摯な気持ちが届いたのか、聖獣は目を逸らすことなく私を見返してくれる。

　私はごくりと唾を飲み込んだ。

「……恐らくルピアは、我が国の『虹の女神』に連なる者ですね。もしも聖獣様がそのお姿を現されたら、我が国の者は誰だって女神の聖獣だと気付き、ルピアを『女神に連なる者』として崇《あが》め奉るでしょうが……それが、お嫌だったのでしょう？　彼女の人となりを見もせずに、女神の系譜という理由だけで崇められる生活を、ルピアが幸福に思うはずもない」

　聖獣は私の言葉を吟味するかのように目を細めた。

「だからこそ、私たちがルピア本人をきちんと見て、彼女の素晴らしさに気付いた後に、聖獣であることを示すおつもりだったのでしょう？　……しかし、残念ながら、ミレナと私の弟妹を除いて、誰もルピアの善なる性質に気付きもせず、その存在に相応《ふさわ》しい扱いをすることができませんでした。

……その結果、リスの姿のままでいたのですよね？」

確認するため聖獣を見つめると、彼は唸《うな》るような声を出した。

「愚かな王だね！　気付けるのであれば、どうしてもっと早く気付かないんだ！」

それは初めて、聖獣が私に言葉を発してくれた瞬間だった。

「……返す言葉もございません」

私は感謝の気持ちとともに、もう一度聖獣に頭を下げた。

ルピアとともにいる聖獣だけあって、本質は優しいのだろう。

私が真剣に考えて悩み抜いた結果、正しい結論を導き出したことで、歩み寄ってくれたのだから。

聖獣の優しさに感謝するとともに、私はこの好機を逃がしてはいけないと考える。

今後もルピアと暮らしていくためには、彼女に快適な環境を提供できるよう、彼女が大事にするものたちと仲良くしていかなければならないからだ。

そして、その最たるものが聖獣なのは間違いないので、今後は今以上の誠意を持って、聖獣に接していこうと心の中で誓った。

――その後しばらくは、まるで独り言のように、私が一人でルピアに対する想いをとうとうと語る時間が続いた。

私は私の想いを知ってほしくて言葉を重ねたが、聖獣はふわふわの尻尾をルピアの腹の上に乗せていただけで、返事をすることはなかった。

しかし、時々、同意するかのように尻尾を振っていたので、話を聞いていてくれたのだろう。

こうやって、少しずつ私の想いと私を知ってもらい、受け入れてもらいたい、と考えながら私は聖獣に向かって話を続けた。

そんな風に穏やかな時間を過ごしていたところ――侍従の一人がやってきて、バルテレミー子爵家の兄妹が王宮に到着したと告げた。

再びルピアをミレナと侍医――そして、聖獣バドに任せると、私は執務室に向かった。

そこでギルベルトを伴い、一番近い応接室に入る。

合図をしたら、まずはテオを呼び込むよう侍従に指示した後、私は椅子に座った。

ギルベルトを近くに座らせ、考えをまとめるために、横を向いて窓の外の景色を眺める。

雲が風に流れていく様子を目にしながら、これからの時間は決して楽しいものにならないだろうと覚悟した。

ふと目に入った橙色《だいだいいろ》の花が、同色の髪色を持つテオを思い出させ、彼との思い出を呼び覚ます。

――元々、知り合ったのはアナイスの方が先だった。

3色の虹色髪を持つアナイスは、幼い頃から様々な国家行事に参加していたため、そこに私が同席することも多かったからだ。

そんなアナイスに、時々テオは付いてきていたのだが、初めは彼女の兄だと思わなかった。

テオはいつだって腰が低い様子で、まるで従僕のように何くれと妹の面倒を見ていたからだ。

そのため、アナイスから兄だと紹介された時は、驚きを顔に表さないようにするのに苦労した。

バルテレミー子爵家の者だったのか、それにしてもよく妹の面倒を見るものだな、と驚いた記憶が残っていたためか、アカデミーの同じクラスで彼を見つけた時は懐かしい気持ちになった。

テオは陽気で、一緒にいるのが楽しい相手だった。

加えて、彼は生来面倒見の良いタイプらしく、さり気なく学園で私の世話を焼いてくれた。

ランチタイムに食堂の席を確保してくれたり、私の側に集まってきた女生徒の一群を解散させてくれたりしたのだ。

テオはまた、自分の損得を考えて行動するタイプにも、底意があるタイプにも見えなかった。

それは学園でともに過ごした間も、卒業した後も変わらず、私に便宜を図るよう依頼してきたことは一度もなかった。

そのため、彼が私を謀《たばか》ろうとしている、あるいは、王の立場に伴う恩恵にあずかろうとしていると考えたことは一度もなかったのだが……。

——戦場にて、私が虹の女神に救われたと彼が語った話は、虚偽に違いない。

にもかかわらず、彼は私に直接、その旨を証言したのだ。

私に見る目がなかったのか、それとも、テオの虚言には理由があるのか。

はあとため息を一つ零すと、そのことを聞きとがめたギルベルトが、気まずそうに咳払いをした。

それから、言いにくそうに口を開く。

「陛下、……私を降爵してください」

彼の発言内容は想定の範囲内だったため、驚くことはなかったが、理由を尋ねるために視線をやる。

すると、ギルベルトは青白い顔で私をまっすぐ見つめたまま、緊張した様子で言葉を続けた。

「王妃陛下に対して数々の不敬を行った身なれば、宰相の地位を辞するのが筋だと思いますが、……宰相の地位には大きな力が伴います」

「ああ」

ギルベルトの発した言葉は、全てその通りだと思ったため肯定する。

対するギルベルトは、神妙な顔で私の返事を受け止めると言葉を続けた。

「思い上がった発言をお許しいただけるのであれば、私以上に宰相職を適切に務めることができる者は他にいないと自負しております。先ほど王は、王妃陛下が暮らしやすい国を整えるとおっしゃいました。そのお手伝いをさせていただくため、王妃陛下が目覚められるまでの間、宰相職を私にお預けいただけないでしょうか」

つまり、ルピアが目覚めたならば、その時には宰相を降りると、ギルベルトは言っているのだ。

彼には色々な欠点があるが、仕事に関しては文句なしに有能で、他の追随を許さないのは事実だ。

一本気なところのあるギルベルトは、今後、全力でルピアのために国を改善していき、彼女が目覚めたら宰相職を辞すつもりなのだろう。

それは、ギルベルトらしい責任の取り方だと思った。

「ただし、他の者への見せしめのため、宰相を辞すまでの間、私が無傷というわけにはいきません。その意味では、降爵していただくのが一番分かりやすい形かと思われます。宰相職であるために爵位が必要ですので、男爵位を残していただければありがたいのですが」

五つある貴族の爵位のうち、侯爵位は上から二番目で、男爵位は最下位だ。

その権力差は天と地ほどもあるだろう。

「……男爵家になったとしたら、ミレナの嫁ぎ先の家格が下がるのではないか」

「私が責任を持って、ミレナには立派な相手を探してきます」

ミレナのことも考えろと示唆したが、さらりと返事をされる。

私は呆《あき》れた表情でギルベルトを見やった。

「……どうかな。お前は王宮の謀りごとは得意だが、貴族家間の絆作りは弱いだろう」

「…………」

私の言葉通りのため黙り込むギルベルトに、私は昔話を始めた。

「ギルベルト、３年ほど前の話だ。私が王になることが決まった時、『王の理想の国を造る手伝いをしたい』と、お前は言ったな。その際、私の理想は『正しい国』で、そのためには『正しい手順』が必要だと私は答えた」

「覚えております」

ギルベルトはまっすぐ私を見つめたまま返事をした。

「王妃が……何の瑕疵もない妃が、これほど尊重されない国は『正しい国』と言えないな。基準はルピアだ。彼女が目覚めた時、誰もが彼女を敬うような国を、私は造ろうと思う。前回、ルピアは2年で目覚めた。そのことから類推するに、恐らく時間は数年しかない。そのため、必ずしも正しい手順は必要ない。取るべきは、事を成すために必要な手順だ」

私の言いたいことを、ギルベルトは理解したようだった。

無言で頷《うなず》く宰相に、重ねて尋ねる。

「それで？　先ほどお前を下がらせてからわずかな時間しか経っていないが、その間にお前は何を摑んだ？」

私の質問を正しく理解したギルベルトは、誤魔化すことなく入手した情報を口にする。

「2年前に崖から落下した陛下を発見したのはテオですが、その際、彼に同行していた兵士たちを探し出しました。兵士は10名おりまして、そのうち7名から証言を得ました。彼らが陛下を発見した際、陛下の服は血で汚れていましたが、その御体には既に傷一つなかったとのことです。重ねて確認しましたが、女神のお姿は誰一人目にしていないとのことでした」

「そうか……」

やはりテオの言葉は虚言だったのか。

私は何とも言えない気持ちになって、ちらりとギルベルトを見やる。

「有能だな、ギルベルト。にもかかわらず、なぜ尋ねられるまで、私に調査結果を報告しなかった」

「王が直接テオに確認すべき内容だとは、考えませんでしたので」

さらりと答えるギルベルトに、私はため息をついた。

「そうか、お前自身がテオを追い詰め、引導を渡すつもりだったのか」

昔から、ギルベルトはこうだった。

できる限り、私が憎まれ役を引き受けることを回避しようとするのだ。

彼自身が宰相という、多くの政敵と足を引っ張り合う立場に身を置きながら、自らが汚れることを厭《いと》わず、必ず私の盾になる。

「お前の言葉通り、お前ほど宰相職に適した者はいないだろうな。誰だって、自らが汚れることを厭うものだ」

反論の言葉こそなかったが、ギルベルトは承服しかねるという顔をした。

彼自身は宰相が王宮の暗部を何もかも引き受けるべきだと考えており、そのように行動しているからだ。

私はそんなギルベルトに苦笑した。

「私にはお前が必要だ。そして、降爵すれば、お前を侮る者が出てきて、政務の能率が落ちるだろう。いや、私はお前を降爵しない。降爵し、宰相職を辞してしまえば、それでお前の断罪が終了したことになるからな」

私はきっぱりと言い切った。

「お前はまだ、己がルピアに何をしたのかを正確には理解していない。お前はもっとルピアと自分の罪を理解すべきだ。そして、目覚めたルピアに罵られ、彼女自身から処罰を言い渡されるべきだ。いくら妃が優しいといっても、お前の罪は酷過ぎるから、降爵と失職くらいで済むと思うなよ」

私にも当てはまることだが、罪を犯した者が自らの罰を決めてはいけない。

それは、被害を受けた者から与えられるべきなのだ。

――――とそう、私が考えることができるのは、ギルベルトが悔いていて、もうこれ以上ルピアに害をなさないことを信じられるからだろう。

だからこそ、私は彼の反省と成長を待つ気持ちになれるのだ。

ギルベルトは深く頭を下げた。

「王のお言葉、謹んでお受けいたします。……加えて、時限的に権限を維持することをお見逃しいただきましたこと、心より感謝いたします」

ギルベルトがルピアのためにできることをしたい、と発言したのは本心だろう。

　そのため、彼は降爵されることなく、完全なるパフォーマンスを発揮できる立場を維持できることに感謝の言葉を述べたのだ。

　私はギルベルトを確認するように見た。

「……では、対決するか？」

　ギルベルトが頷いたのを見た私は、侍従に視線を送る。

　すると、侍従がテオを部屋に招き入れた。


　テオは急いで駆け付けてきたのか、橙色の髪の一部がはねていた。

　しかし、服装はきちんとしていて、案内してきた侍従に促されると、私と向かい合わせになる形で椅子に座った。

　最後にテオに会ったのは戦場で、それはほんの3か月ほど前だというのに、随分久しぶりに彼の姿を目にした気持ちになる。

「久しぶりだな、テオ」

　普段通りの声で話しかけると、テオは痛ましそうな表情をした。

「王妃陛下のご容態については噂《うわさ》で聞いています。一日も早いご回復を、心からお祈りいたします」

ルピアが魔女である事実は伏せているため、世間に出回っている噂はルピアが私の毒を吸い出し、その身に受けたというものだろう。

今では国中が、その話題で持ち切りらしい。

王の命を救った勇敢で健気な、しかし、そのことによって命を落としかけている悲劇の王妃の話で。

「ああ……妃のおかげで、私は一命を取り留めた。彼女には感謝してもしきれない」

言葉にしたことで、ルピアの姿が脳裏に浮かぶ。

私の身代わりとなり、寝台の上で苦しんでいる彼女の姿が。

私は膝の上で拳を握りしめると、テオを見つめた。

「ところで、君を呼び寄せたのは、聞きたいことがあるからだ」

静かな声でそう言うと、テオは分かっているといった様子で頷いた。

「このような状況下でわざわざお時間を取られ、確認されるのですから、陛下にとって非常に重要な案件なのですね。もちろん、何でもお答えします」

テオの発言を受け、ギルベルトが許可を取るように私を見つめてきた。

「陛下、ここから先は私が質問してもよろしいでしょうか」

「……ああ、構わない」

テオへの確認をギルベルトが行うことは、前もって聞かされていた話だったため了承する。

すると、ギルベルトはテオをまっすぐ見つめ、単刀直入に質問した。

「テオ、質問内容は非常に明快だ。戦場にて陛下が『虹の女神』に救われたと君は証言したが、兵士たちに確認を取った結果、その内容が虚偽であったことが確認された。聞きたいのは、なぜそのような偽証を口にしたのかということだ」

「えっ」

テオはまさかそのような質問を受けるとは思っていなかったようで、動揺した様子で目をしばたたかせた。

それから、気にするように私を見ると、言いにくい様子で口を開いた。

「それは、……戦場の士気を上げるためです。陛下が怪我を負い、崖から落ちた姿を多くの者が見ていましたが、私が発見した陛下は傷一つない状態でした。あの瞬間、これは奇跡だと思いましたし、兵士たちも興奮したように奇跡だと叫んでいました」

テオはその時のことを思い出しているのか、頬を紅潮させて興奮した様子で続けた。

「目覚められた陛下自身も傷がないと驚かれていたので、その時に、陛下も傷が消えた理由をご存じないのだと気付きました。そうであれば、『女神の加護』だと公言し、戦場の士気を上げるのが上策だと考えました。そして、実際にそのおかげで兵士たちは士気を鼓舞され、普段以上の力を出して戦争に勝てたのです！」

テオの表情に悪びれたところはなく、自らの行為に問題があるとは考えていないようだった。

そのため、ギルベルトが普段よりも強めの声を出す。

「結果が満足いくものだったとしても、それで過程の不備が許されるものではない！　王が真偽を確認した際、君は女神が王を治癒する場面を目撃し、さらにはお言葉を賜ったと証言したな？　王に対して虚偽を述べたのだ！」

テオは慌てたように両手を上げた。

「そ、そんなつもりは毛頭ありません！　僕は国のためを思って行動したのです」

ギルベルトとテオの思考にはズレがあった。

ギルベルトはいかなる理由があっても王に虚偽を述べるべきではないと言っており、テオは国のためを思っての行動であるならば例外的に許されると言っている。

ギルベルトは厳しい声で続けた。

「テオ、スターリング王国の行き先を決められるのは王だけだ。そして、正しい情報が揃わねば、正しい判断はできない。なるほど、もしかしたら君の偽証内容は戦争にプラスに働いたかもしれないが、他の場面における王の決断に、それ以上のマイナスの作用を与えたかもしれない」

「え……」

そのような可能性は想像したこともなかったようで、テオは心底驚いた様子で目を見開いた。

その表情を見て、これまでテオと過ごした日々を思い出す。

──テオは決して、悪い奴《やつ》ではないのだ。

ただ、その若さゆえに考えが甘いだけで。

経験が不足しており、その限られた経験の中でしか物事を判断できない。

加えて、ギルベルトと異なり、追い込まれた時には自らの保身に走る傾向がある。

テオのそのような性格は元から承知していたし、これまで許容できていたのだが……自分が正しいと思う方向に物事を進めるため、私に虚言を吐くとは思わなかった。

「…………」

テオに対して感じる己の心の動きを見つめると、私は軽く頭を振った。

そして、過去の私は愚かだったのだな、と改めて気が付いた。

常識を優先させ、友人だと考えていたテオの言葉を無条件に信じ、ルピアの『魔女である』という言葉を信じなかったのだから。

──今ならわかる。

もしも私がどれほど荒唐無稽なことを言ったとしても、きっとルピアは信じてくれただろう。

ルピアにとって、人を愛することは無条件に信じることだったのだ。

そして、そのような彼女に対して、私も同じものを返してしかるべきだった。

なぜ彼女の一言一言を、乙女の夢見がちな発言だと考え、本気で取り合わなかったのかと、これまでの自分の愚かしさを嘲笑《あざわら》いたくなる。

そして、ルピアと話をしたいなと、無性に思った。

あのどこまでも綺麗で、美しいものだけで構成されたルピアの世界に包まれたいと。

片手で顔を覆って俯《うつむ》いていると、引き続きテオを糾弾するギルベルトの声が聞こえた。


しかし、耳をそばだてて聞いていると、先ほどまでと異なり、ギルベルトの声はテオに同情しているかのような温かいものに変わっていた。

「テオ、君の妹は『虹の女神』の愛し子だ。アナイス嬢を王の妃にと推す一派が、昔から君の周りに集まっていたことは知っている。そのため、彼らの考えに同調し、妹を妃にと望んだとしても不思議はない。あるいは、妹の価値を上げたいと考え、王の奇跡に『虹の女神』のお名前を借りたいとの誘惑に駆られたとしても」

ギルベルトの言う通り、『虹の女神』を深く信仰する一派は存在する。

彼らにとってアナイスは女神の象徴で、事あるごとに彼女を持ち上げていたのだから、身近で見ていたテオは影響を受けたのかもしれない。

そして、テオが妹を王の妃にしたいと望んでいたとギルベルトが口にし、テオが否定しないことから推測するに、ギルベルトの話は事実で、さらに、この抜け目のない宰相は事前に何らかの情報を摑んでいたのだろう。

　そんなギルベルトの声が、自嘲するようなものに変わる。

「私もつい最近まで、似たようなことを考えていた。国民は皆『虹の女神』を信奉しているのだから、女神の恩恵に浴している『女神の愛し子』が妃になれば、それだけで王家への信頼は上がり、国も王家も盤石になると。だが、国民の信頼を上げることは、他の方法でも代替が利くのだから、『唯一の正解』ではなく、『多くの正解の中の一つ』でしかなかったのだ」

　そのことにやっと気が付いた、とつぶやいたギルベルトは昔語りを始めた。

　それほど親しくない者の前で自らの過去を語るのは、ギルベルトらしくない行為だったので、テオを――私の数少ない友人を、私のために変化させようと努めているのだと気付く。

「……幼かった陛下が1色の髪色で苦労されていた姿を、私はずっと間近で見てきた。そして、王を不当に扱う連中に憤りを覚えていた。もちろん、次代の王としての才覚に何の問題もなかったため、『必ず1色髪のフェリクス様を、次の王にするのだ』と、当時の私は自分に誓っていた。しかし、いつの間にかそのことを忘れていたのだ」

　ギルベルトは髪色と本人の価値は無関係だと言いたかったようだが、テオはギルベルトの発言に同意することなく反論してきた。

「ですが、国王陛下は女神からその実績が認められ、3色の虹色髪に変化したではないですか！　女神はきちんと見ていらして、正しい行いをする者には正しく恩恵を与えてくださるのです。王妃陛下のことはよく存じ上げませんが、嫁いで来られて2年半も経過しているのに、いまだに虹色でない白1色の髪色であることが、全てを証明しているのではないでしょうか」

「テオ、それは違う！　髪色で全てが決まるはずはない！　その考えでいけば、そもそも王が1色で生まれてくる必要はなかったのだから」

　ギルベルトが顔をしかめて説得を続けたが、テオは強情そうな表情を崩さなかった。

「私はやはり、妹が妃に立つのが皆のためだと考えます！　王妃陛下は体調を崩されているので、しばらくはお子様を産むのは無理でしょうし、そもそも国王陛下以外の子どもを身籠られていると、貴族の間では噂になっていますよ」

　その時、テオが浮かべた表情がルピアを揶揄《やゆ》するようなものだったため、私は憤りを抑えるためにぐっと奥歯を噛みしめた。

　これは私の責任だと考えながら。

　なぜなら私がルピアの噂を放置したから、彼女はテオに悪《あ》しざまに言われているのだ。

　何の咎《とが》もない、他ならぬ私の妃が。

　だが、今の私には、ルピアの妊娠について何一つ口にすることはできなかった。

　彼女はこの後、数年間眠り続けるだろうから、彼女の妊娠を肯定したら、1年後、生まれなかった子どもについてあれこれと想像され、同情されることになるからだ。

　だからといって、否定することもできない。

なぜならルピアの腹には実際に子がいるのだから、否定などできるはずもないし、——それだけは、絶対にしてはいけないことだからだ。

　しかし、どうにも我慢ならなくなって、私は言葉を差し挟んだ。

「テオ、……市井に広まっている、ルピアが臥せている理由についての噂は事実だ。本来ならば、私が死ぬところだったのを、ルピアが代わりに引き受けてくれたのだ。そんな彼女を差し置いて、別の妃を娶ることなどあるはずもない。私の妃は生涯彼女一人だ」

　私の発言を聞いたテオは、心を動かされた様子もなく、同じ主張を繰り返した。

「もし王妃陛下の善行が本物ならば、虹色髪に変化するでしょう。白1色のままであるのなら、アナイスを妃にすべきです」

　それから、さらにテオは興奮した様子で続ける。

「王妃陛下はこの1か月の間、ずっと寝台に臥せっていると聞いています。そのため、本日、私と妹が呼ばれたのは、側妃の話があるためだと思っていました。陛下、私たちはいついかなる時も停滞すべきではなく、未来に向かって歩むべきです！」

　私は返す言葉を見つけることができず、テオを見つめた。

　しかし、彼からは、熱に浮かされたような表情で見返されただけだった。

テオの取り付く島もない表情を見て、これ以上の話し合いは無意味だと理解する。

また、その頃には、私の方も彼と話をする気が失せていた。

しかし、それでも、一言彼に忠告しておこうと口を開く。

「テオ、宰相はその立場上、独自に行動することも多いが、私が確認した際に虚偽の報告をすることはない。それはやってはいけないことだからだ」

そこがギルベルトとテオの決定的な違いで、私が信用できるかどうかの基準になる。

――いずれにせよ、今後、私がテオの言葉を信じることは難しいだろうが。

そのことに気付いた私は、意識して深いため息をついた。

テオの虚言に踊らされたがため、誤解してルピアを傷付けてしまったのだと、彼に詰め寄りたい気持ちを抑え込むためだ。

数回深い呼吸を繰り返した後、私はテオを正面から見つめた。

テオは私の視線を受け止め、まっすぐ見返してきたが、彼に対してこれまでと同じ感情を抱くことはなかった。

テオは私にとって、最も仲の良い友人だった。

そのため、以前は彼の姿を見ただけで、楽しさや好意が胸に込み上げてきたものだが、今となっては、それらの感情は一かけらも浮かんでこなかったのだ。

……ああ、私はルピアを選び取ったのだと気付く。

だからこそ、彼女の害になる者を彼女の側に……ひいては私の側に置きたいとは、もはや思わないのだ。

私が彼と会うことはもうないはずだ……少なくとも、個人的には。

「テオ、これまで世話になった」

彼との付き合いに終止符を打つ意味で、私はテオに最後の言葉を掛けた。

彼がどこまで理解したかは分からないが、――――テオはぐっと唇を引き結ぶと、深く頭を下げた。

数秒ほどその姿を眺めた後、私はギルベルトに視線をやる。

ギルベルトは小さく頷くと、頭を下げたままのテオに顔を向け、重々しく声を掛けた。

「テオ、王に偽証した罪は重い。しばらく隣室で待機していろ」

ギルベルトは侍従に合図をすると、テオを退出させた。


それから、しばらくの間、私は目を瞑ると、組み合わせた両手を額に当てていた。

自分の中で暴れる感情を抑えつけるためだったが、『王はいつだって冷静でいなければならない』と、何度言い聞かせても上手くいかない。

ギルベルトが自らの断罪を希望した際には、その罰の内容を彼自身が決定するのではなく、被害者であるルピアが定めるべきだと考えた。

被害を受け、苦痛を被ったのはルピアなのだから、彼女自身から苦痛に比例する正しい罰を与えられるべきだと思ったのだ。

しかし、テオの場合には、とてもそんな気持ちになれなかった。

ルピアが目覚め、彼女が決定することを待つ気持ちになれないのだ。

なぜならテオには反省がない。

自分の言動が間違っていることに気付いていない。

誰に対しても思いやりをもって接し、優しくあろうとするルピアの周りには、同じように他人を思いやれる者しか近付けることはできない、と強く思った。

「……ギルベルト、テオの処遇を決定する前に、アナイスを呼んでくれ。テオとアナイスの行動は連動している可能性があるため、双方から確認したうえで決定すべきだろう」

「はい、私も王の考えに賛同いたします」

ギルベルトの指示で、アナイスが呼び込まれる。

しばらくして入室してきたアナイスは、何かを期待するような表情をしていた。

テオの発言から推測するに、アナイスも兄と同じく側妃云々《うんぬん》の話が出ることを期待しているのかもしれない。

ミレナの話では、アナイスがルピアに直接、妃選定会議でアナイスが側妃に選ばれたのだと説明したとのことだった。

それから、側妃になる者として、正妃であるルピアに宝石を要求したと。

その話を聞いた時の強い憤りが蘇ってきて、奥歯を噛みしめたが、アナイスは知らぬげで、きらきらとした瞳で見つめてきた。

その全く悪びれない様子に、胸の裡で感情が暴れ出す。

ルピアが臥せていることは、アナイスも聞いているはずだ。

そのようなルピアに対し、最後に浴びせた言葉が虚言であったことを、そして、その言葉によりルピアを傷付けたことを反省する気持ちはないのだろうかと、心底不思議に思う。

心の裡で荒れ狂う感情を制御することは難しく、アナイスに対して口を開くことすら厭わしく思っていると、私の気持ちを読み取ったギルベルトが代わりに問いかけた。

「アナイス嬢、君にいくつか質問をしたい。まずはなぜ、王妃陛下に対して、君が妃選定会議で側妃に選ばれたと説明したかについてだ。なぜそのようなことをした？」

ずばりと核心を突いてきたギルベルトに、アナイスは驚いたように目をしばたたかせた。

テオ同様、まさか自分が審議される立場にあるとは、思ってもいなかったようだ。

アナイスは数舜考えた後、探るような表情でギルベルトを見やる。

そんなアナイスに対して、ギルベルトは言いにくそうに言葉を重ねた――彼にとって全く言いにくい内容ではなかったため、ギルベルトの演技なのだろうが。

「君が王の前で虚言を述べる、あるいは虚言が疑われるような納得し難い発言をした場合、この確認作業は場所を変えて実施されることになる。その場合の質問役は、私から王国騎士団の騎士に変更されるから、少々荒っぽいやり方になるかもしれない」

ギルベルトが暗示した内容を理解したアナイスは、表情を強張らせると口を開いた。

しかし、その声は挑むようなものだったため、彼女が置かれている今の状況を不満に思っていることが見て取れた。

「なぜならルピア妃は、母国で恋愛遊戯を楽しまれ、王以外との子どもを身籠って帰って来たからです！　我が国の王妃として不適格であることは、誰が見ても明らかですわ!!　ですから、私は我が王国のために、妃がもう一人立つことをルピア妃にご理解いただこうとしただけです」

アナイスの態度は堂々としており、自分の発言の正しさを信じているようだった。

そのため、私はアナイスに反論したくてたまらなかったが、ギルベルトは彼女の言葉を受け入れるかのように頷くと、不思議そうに尋ねた。

「だが、実際に妃選定会議は開かれていない。君の発言が事実でないと、すぐに判明すると思わなかったのか？」

……この手の質問は、ギルベルトが得意とするところだった。

腹の裡で何を考えていたとしても表面に表さないうえ、御しやすそうに見える外見から、相手はギルベルトを丸め込めると考えて、口が軽くなるのだ。

実際にアナイスは、ギルベルトを説得するかのように熱心に説明し始めた。

「事後承認という形もありますので、会議開催の有無がそれほど重要だとは思いませんでした。ギルベルト宰相もご存じのように、元々、フェリクス王の妃に内定していたのは私です！　誰もがそのことを望んでいたのに、ディアブロ王国が国力差でもって割り込んできたのですから、無知な王妃にその事実を教えて差し上げたまでですわ」

それから、アナイスは扇を広げると口元を隠した。

「ディアブロ王国は慎みがない王女を持て余していたはずです。そのような相手に選ばれたフェリクス王が、あまりにお気の毒ですわ。ギルベルト宰相もそう思ったからこそ、予想通り不義の子を身籠られたルピア妃に手を焼いて、私のために王宮の部屋をご用意くださったのでしょう？」

「…………」

さすがに相槌《あいづち》を打つことは躊躇《ためら》われたようで、無言のままでいるギルベルトに、アナイスは畳み掛けるように続けた。

「宰相は私におっしゃいましたよね。『王宮で暮らして、存在価値を高めてほしい』と。今回、私は『虹の乙女』として、どれほど私自身の価値が高いのかを実感しましたわ。私が王宮に部屋を賜ったことで、誰もが私が妃になるのだと期待し、応援してくださったのですから。ですから、私は何としても彼らの期待に応えなければいけないと感じましたの」

そう言うと、アナイスはぱちんと扇を閉じ、すねたように唇を尖らせた。

「ですが、王はお優しくて、ルピア妃のお気持ちを優先されようとなさいますから、いつまで経っても話が進まないのです。ですから、僭越ながら私がお力をお貸ししようと思いましたの。あの日は王都中央区で開催される『収穫祭』に、王と私で参加する予定になっていました。そのため、中央区に館を持つヘル伯爵に、式典の後、王と私を彼の館に招待する手はずを整えてもらっていました」

ヘル伯爵は『虹の女神』に傾倒している一族だ。

なるほど彼が協力者だったのか、と苦々しく思っていると、アナイスは唇を歪めた。

「フェリクス王が思っているほど、ルピア妃は優しくも大人しくもありませんよ。大国出身の王女で、腐るほどの宝石を持っているというのに、そのうちの一つだって私に与えるつもりはないと、はっきり拒絶してきたのですから」

それから、アナイスは私に嫣然《えんぜん》と微笑みかけた。

「残念なことをしましたわ。あの日、あのまま王と私が伯爵邸に宿泊し、ルピア妃から宝石を賜れていれば、……私たちが一夜をともにし、正妃から宝石を下賜された事実から、妃選定会議はすぐに側妃の認定をしたはずですのに」

アナイスの一方的で自分勝手な主張を聞き終えた私は、苦々しい思いが込み上げてくるのを止められなかった。

テオにしろ、アナイスにしろ、自分の主張ばかりだ。

これまでの彼らもそうだったのだろうし、そのような態度でも今までは気にならなかったのだが、ルピアを知ったことで彼らの身勝手さを許し難く感じる。

テオの嘘もアナイスの身勝手さも、ルピアは気付いていたに違いない。

にもかかわらず、彼女がそのことについて言及したことは一度もなかった。

『女神が私を治癒するところを、テオが見たと証言した』と、私がルピアに言い放った時も、彼女は一言だって『それは嘘だ』と反論しなかった。

他人の悪口を言おうとしない、ルピアらしい行動だなと好ましく思う。

しかし、一方では、今後もずっとその性質のままでいてほしくないなと思った。

なぜなら誰にも言わずに抱え込んでいることで、彼女自身が苦しむことになるからだ。

ルピアが悩みなく暮らしていくため、不快に感じることは何だって私に打ち明けてほしい。

もちろん、そのためには、私自身が彼女の助けになると信じてもらえる存在にならなければいけない。

あるいは、私がもっと様々なものに気を配り、彼女の気持ちを先に読み取るべきだろう。

アナイスに視線を移すと、全く悪びれていない様子で微笑んでいた。

彼女は3色の虹色髪をしており、我が国において誰からも敬われているが、身分的には王妃であるルピアが何倍も上だ。

そのため、アナイスにとってルピアは敬意を持って仕えるべき相手であるのに、アナイスの態度にはルピアを敬う気持ちが全く見られなかった。

先ほどからアナイスが口にしていることの多くは、どれほど心の中で考えていたとしても、決して口に出してはならないことだ。

にもかかわらず、彼女はべらべらと自分の考えを述べている。

それだけではなく、勝手にルピア以外の妃が必要だと判断し、虚言まで吐いてルピアを傷付けた。

恐らくこれまで、誰もがアナイスのことを『虹の乙女』と敬うあまり、自由にさせ過ぎたのだろう。

今回の事件を起こすまで、アナイスは与えられた役務を正しくこなしていたし、立場を逸脱することはなかった。

そのため、彼女に対して制約を課すことはなかったが、そのことでアナイスは何をしても正しいと認められるし、全てを許されるほど高い価値が自分にあると勘違いをしたに違いない。

そんな風に考えを巡らせている間に、ギルベルトは侍従に合図をすると、再度テオを呼び入れた。

それから、彼をアナイスの隣に座らせる。

時間を空けたことで考えるものがあったのか、テオは反省した様子で俯いていた。

ギルベルトは少しの間を置いた後、2人を交互に見つめると口を開いた。

「君たちの考えは理解した。一方だけの話を聞いて結論を出すわけにはいかないため、君たちの発言内容を踏まえたうえで、王妃陛下の侍女や現場の兵、ヘル伯爵などからも聞き取りを行うこととする。君たちへの沙汰はその後となるが、……少なくとも王族への偽証罪は免れないだろう」

テオは悄然《しょうぜん》とした様子で頭を下げたが、アナイスは激しい目で宰相を睨み付けた。

「納得いきませんわ！　私たちは王国のために、精一杯できることをやったのに、そのことで罪に問われるとしたら間違っています！　偽証だと言われますが、最も効果的な手法を取っただけですわ!!」

「君たちは権限外のことに手を出したのだ。王国の進む道を決めることができるのはフェリクス王のみで、私たちにできるのは王が示した道を進んでいくことだけだ。アナイス嬢、君は『虹の乙女』ではあるものの、身分的には子爵令嬢でしかない。君が口を出せる話ではないのだ」

宰相の声は淡々としており、そこに侮蔑的な響きはなかったが、アナイスは屈辱でさっと頬を赤らめた。

ぎりりと唇を噛みしめ、悔し気にギルベルトを睨み付けている。

その全く反省をしていない態度を見て、私は自分の中でかちりとスイッチが切り替わるような感覚を味わった。

ああ、アナイスは今後も変わらず、私の妃を傷付けるかもしれないという恐れが胸の中に広がったのだ。

恐らくアナイスにどれほど過ちを指摘しても、決して理解することはないだろう。

彼女はルピアが私を救う場面に居合わせており、ルピアの能力を目にした数少ない人物の一人だ。にもかかわらず、この態度であるのならば、どのような言葉を聞いたとしても、自分に都合よく解釈するだけで、こちらの真意は届かないに違いない。

私はギルベルトに向かって、あくまで冷静な声を出した。

「ギルベルト、アナイスが『虹の乙女』であることに価値があると言い張るのならば、それを証明する機会を与えてはどうだ」

「……フェリクス王？」

ギルベルトが戸惑った様子を見せたため、言葉を続ける。

「皆から聞き取りを行うのであれば、結論が出るまで時間が掛かるだろう。それまでに、『虹の乙女』の価値を再確認すればいい。そして、その結果を刑罰に反映させるのだ」

私の言いたいことを理解したギルベルトは、了承の印に頭を下げた。

「承知いたしました。王国内には『虹の乙女』のお力を必要としている場所が数多くあります。その中のいずれかの場所にて、アナイス嬢のお力をお借りすることといたしましょう」

私は脚を組むと、テーブルの上に載っていたグラスを手に取った。

グラスの中には、ピュリの果実から絞られた黄色い果汁が半分ほど入っている。

「先のゴニア王国との戦争は、鉱山の所有権を争ったことが直接的な原因だが、発端はあの国の土地が痩せてきたことにある。だからこそ、ゴニアは民を飢えさせないための資金源として、鉱山の所有権を主張してきたのだからな。だが、土地が痩せてきたのは、今やあの国だけではない」

　ギルベルトは同意の印に頷いた。

「その通りです。我が国でも地方のあちこちから、作物の収穫量が減ってきている旨の報告が上がってきております。陛下が手にされているのはピュリの果汁ですが、その果実も明らかに収穫量が減っています」

　ギルベルトが示した果実が嗜好品であることを理解しながら、私はことさら残念そうな表情を作る。

「そうか。私はこの果汁が好きなのだがな」

　すると、ギルベルトはアナイスとテオに視線をやった。

「王の食事を守ることは臣下の役割だ。アナイス嬢、君にはテオとともに痩せた土地を回り、『虹の乙女』の加護を分け与えてきてもらおう。正しく女神に愛されているのであれば、目に見える成果が表れるはずだからな」

「えっ」

　驚いた声を上げるアナイスに、宰相は誤解した振りをして言葉を続ける。

「もちろん君たちには護衛を付けるので、道中を心配する必要はない。役割を終えた後には、必ず王都に戻ってこられるよう手配しよう」

逃げ出さないよう見張りを付けると言外に匂わされたことで、アナイスは顔色を変えた。

『虹の乙女』ともてはやされてきたものの、実際の彼女にどれほどのことができるのか――あるいは、何一つ加護を与えることができないのか、身をもって理解しているためだろう。

アナイスは私に顔を向けると、焦った声を上げる。

「フェリクス王、私はこれまで『虹の乙女』として、誠心誠意この国に尽くしてまいりました！」

私は鷹揚に頷くと、彼女の言葉に同意した。

「理解している。だからこその措置だ。知っての通り、我が王国の大地は元々痩せていたが、『虹の女神』が虹をかけたことで豊かになったのだ。大地を豊かにすることは、『虹の女神』の本務だろう。だとしたら、その愛し子である君にとって、同様の加護を与えることは容易《たやす》い話に違いない。アナイス、これは君にとって有利な話だ」

アナイスは私の言葉を聞くと、真っ青になって震え始めた。

私の態度から、冗談を口にしているのではないと理解したのだろう。

「フェリクス王、それはあまりに………」

言いながら、アナイスが縋《すが》るように片手を差し出してきたが、私には彼女の話を聞くつもりがなかったため、手を振って制する。

私の取り付く島もない態度を見たアナイスの目が驚いたように見開かれ、中空に上げていた手がぱたりと膝の上に落ちた。

アナイスだけが悪いわけでないことは分かっていた――これまで彼女の我儘《わがまま》を受け入れてきた周りの者たちや、王宮に部屋を用意して増長させたギルベルトにも問題があることは。

そして、彼女がこれまで国のために多くのことを果たしてきたのは事実で、そのことを考慮すべきだということも。

しかし、私はルピアに与《くみ》すると決めたのだから、アナイスが彼女に害をなす恐れがある以上、手心を加えるつもりは一切なかった。

何よりもアナイスは虚言を弄して、何の罪もないルピアを傷付けたのだ――恐らく、彼女が最も傷付くであろう嘘をついて――許せるはずもなかった。

私はアナイスとテオを見つめると口を開いた。

「一つ言っておく」

私は持っていたグラスをテーブルに置くと、椅子の肘掛けに片肘をつき、頬を支えた。

「妃は誰にも後ろ指を指されるような生き方はしていない。もしも彼女が身籠ってくれたとしたら、それは私の子だ」

私の態度も口調も王としてのものだったため、2人ははっとしたように息を呑んだ。

バルテレミー子爵家の一員として、貴族に名を連ねているのだから、私の発言の意味は理解するはずだ。

――ルピアが魔女であることは、限られた者たちにおける秘密だ。

2人に全てを話せない以上、ルピアについての説明は不十分で、納得し難いものに聞こえるかもしれない。

また、見方によっては、私がルピアの母国であるディアブロ王国に気を遣い、妃の不品行な行為を見逃しているように見えるだろう。

だが、そうだとしても、それは彼らが気にすることではないのだ。

そして、王である私が口にしたことは全てが真実となる。

そのため、私が「ルピアの腹の子は私の子だ」と言えば、誰もがそれを受け入れるしかないのだ。

実際の事実がどうであれ、王の言葉を真実として扱うこと――それが、貴族のルールなのだから。

2人の青ざめた表情から、私の意図が正しく伝わったことを理解したため、私は再びグラスを取ると一気に飲み干した。

――強制的で絶対的な王の力を行使することは私の主義に反するため、これまでほとんど使用することはなかった。

しかし、今後は変わっていくだろう。

なぜなら何事にも、優先順位が存在するからだ。

何もかもが手に入るわけではない。

そうであれば、私にはルピアだけが残ればいい――彼女が、それを望んでくれるのならば。

そのために、これまでの主義主張と異なるものだとしても、取れる手段は全て取ろうと心に誓う。

――私は父の姿を思い浮かべた。

絶対的で人の話を一切聞かなかった、全てに君臨していた王の姿を。

そんな父は、1色の髪で生まれてきた私を、不要の者と一番に切り捨てた。

だからこそ、私は父とは違い、人の話を聞く親和的な王になろうと決意したのだ。

そのことによって、不要だと切り捨てられた幼い自分を救済できると考えていたのだが――もはや私に救済は必要なかった。

既に私は、ルピアに救われていたのだから。

私は手を振ると、2人を退出させるよう促した。

しかし、彼らがよろよろと立ち上がったところで、「ああ」と最後の言葉をつぶやく。

2人は縋るような表情を浮かべ、まっすぐに見つめてきたので、安心させるために微笑んだ。

「好きなだけ時間を掛けるがいい。何かあったとしても、王都には女神に愛された私、そして、ハーラルトがいるから安心しろ」

19・大国からの訪問客

バルテレミー子爵家の兄妹と話をした2日後、ルピアの母国であるディアブロ王国から一人の訪問客が訪れた。

それは先ぶれも何もない突然の訪問だったが、「ルピア王妃から貴国へ招待された」との言葉とともに、訪問客は王宮の門をくぐった。

その時点において、彼が何者であるかは不明だったが、身のこなしや身に着けている物から、ひとかどの人物であることは誰の目にも明らかだった。

そして、実際に確認した結果、訪問客の身分が高かったため、玉座の間での謁見がセッティングされた。

彼の素性についての報告を受けた私は、玉座に座ると隣にギルベルトを立たせる。

それから、周りに廷臣と侍従を配置し、左右の壁際には騎士を並べた。

「お初にお目にかかります、イザーク・アスターです」

深紅のマントを翻しながら、堂々とした足取りで入室してきた男性は、にこやかに自己紹介をした。

その柔和な表情とは異なり、そこに立っているだけで圧倒的な存在感を主張してきたが、名前を聞いて納得する。

なぜなら彼の名前は大陸中に轟《とどろ》く、誰もが聞き覚えがあるものだったからだ。

ディアブロ王国のアスター公爵。

それは、大陸でも5本の指に入る名家だった。

その歴史は古く、偉業は数えきれないほどで、各国の上位貴族に血縁がいる。

そして、アスター公爵家の当主といえば、私より1歳年上の19歳という若さながら、大国ディアブロ王国の王太子の片腕として、辣腕を振るっている傑物だった。

最も重要なことに、ルピアの従兄《いとこ》でもある。

玉座は通常の床から数段高い場所に設えてあるため、私は公爵を見下ろす形で彼を観察した。

アスター公爵は背が高く、しなやかな肉体を高級で華々しい貴族服に包んでいた。

きらきらと輝く金髪を肩まで伸ばし、けぶるようなまつげの下で深い海のような碧《あお》い瞳を輝かせる姿は、全ての乙女が夢見る理想の貴公子そのものだ。

従兄《いとこ》妹という関係ではあるものの、これほどの美丈夫を手紙1通で呼び出すことができるルピアと公爵の関係性に、内心穏やかでない思いを抱く。

公爵は礼儀正しい微笑みを浮かべると、優雅な仕草で片手を胸の前に持ってきて頭を下げた。

「フェリクス王にお会いでき、恐悦至極に存じます」

それから、公爵は顔を上げると、独り言とも思われるような言葉をつぶやいた。

「……これはまた、宝石のように美しい国王だね。3色の髪に藍青色《らんせいしょく》の瞳だなんて、こんな美しい組み合わせがあるものなのか。顔立ちも上品で整っているし、我が従妹《いとこ》殿が夢中になるのも致し方ないね」

その言葉から、私もまた公爵から観察されていたことに気が付く。

公爵は片手を腰に当てると、ぐるりと周りを見回した。

それから、不思議そうに小首を傾《かし》げると、尋ねるような声を出す。

「だが、その肝心の我が従妹殿が見当たらないのは、どういう了見だ？　さて、僕がいつだって甘やかしてしまう、夢見る乙女はどちらかな。いや、今や王妃陛下におなりあそばされたのだから、『乙女』と呼ぶのは失礼だったな。……ルピア！　隠れているのなら、出ておいで」

公爵は最後の一言を、周りに響くような大きな声に切り替えた。

しかし、玉座の間はしんとしているだけで、何一つ反応がなかった。

そのため、アスター公爵は不思議そうに片手で顎をつまむ。

「おかしいな、僕を呼びつけたのはルピア自身だ。それなのに、彼女の要望に応えて訪問してきた僕を出迎えもしないなんて、彼女の性格からしてあり得ないのだが」

誰もが答えられないでいると、アスター公爵は両足を広げて立ち、腕を組んだ。

「この場合、どんな可能性が考えられるのかな？」

とんとんと指で自分の腕を叩きながら、首を傾ける。

「そうだな。たとえば……一国の王妃にもかかわらず、敬意を払われるべき廷臣たちから侮蔑を受け、気分不良で部屋に籠っているとか？」

公爵は視線だけを動かして、居並ぶ廷臣たちを眺め回したが、誰からも発言がなかったため、異なる可能性を列挙する。

「あるいは、全身全霊で夫に好意を示したものの、不要なものと投げ返されたため、部屋で嘆いているとか？」

私は肘掛け部分を摑んでいた手にぐっと力を込めると、公爵を見つめた。

公爵はそんな私を穏やかな表情で見つめ返すと、意味あり気に微笑む。

「または、命懸けで夫の身代わりになり、昏倒したにもかかわらず、夫は愛人に夢中で気にもかけないため、ろくな治療も受けさせてもらえなかった。結果、……重病状態が継続している、とかだろうか？」

言い終わると、公爵は両手を広げて、返事を待つかのように口を噤《つぐ》んだ。

――公爵が口にしているのは、痛烈な当てこすりだった。

まさか公式な場で、立場も身分もあるアスター公爵が、直接私を攻撃してくるとは思いもしなかったため、そして、彼の表情があくまで穏やかだったため、……抗議をしても、『冗談だ』と返される可能性を考えて、対応を躊躇する。

加えて、心のどこかでは、ルピアを深く愛する者ならば、私を糾弾して当然だという思いがあったため、私はぐっと口を引き結んだ。

すると、そんな私の様子を観察していた公爵が、楽しそうな笑い声を上げる。

「ははは、冗談だよ！　そのようなことがあるはずもないからね」

高らかに笑う公爵の声が、玉座の間に響き渡る。

その様子を見て、周りにいた廷臣たちがほっと体の力を抜いた瞬間――アスター公爵は笑みを収めると、がつん！　と音を立てて片足のかかとを床に打ち付けた。

表情も一変し、睨むような目つきで下から見上げてくる。

「もちろんそのようなこと、あるはずもない。なぜならルピアは、我がディアブロ王国の掌中の珠《たま》だからね。慈しんで、慈しんで、愛だけを与えられてきたお姫様だ。だからこそ、あの子は疑うことを知らないし、裏切られることを知らない。そんな彼女はどんな相手にも、一切身を守ることなく善意だけで接するから、相手が傷付けようと意図してきたら傷だらけになるだろう」

公爵はつと視線を床に落とす。

「そんな所業、一国の王妃に対してできるはずもない」

一拍の間の後、アスター公爵は再び視線を上げると、挑むように私を見つめてきた。

その碧眼《へきがん》には、ぎらりと剣呑《けんのん》な光が宿っている。

「さあ、冗談はここまでだ！　フェリクス王、ルピアを呼んできてくれ」

彼は身に着けていたマントを乱暴に外すと、側に控えていた従僕に投げ渡す。

「我がディアブロ王国は、国中で最も尊く、貴重なる姫をこの国に差し上げた！　誰からも敬われ、傅《かしず》かれてしかるべき、どこに出しても恥ずかしくない王女殿下だ！　僕が彼女に恭順の意を示すのは、限られた者しかいないプライベートスペースではない！」

公爵は握りこぶしを作ると、どんと自分の胸を強く叩いた。

それから、傲然たる態度で叫ぶかのように言い放った。

「ルピア・スターリングは、このイザーク・アスターが敬愛すべきただ一人だと、多くの耳目がある場で示すに値する姫だ!!」

彼が言い終わると同時に、しんとした沈黙がその場に落ちる。

――アスター公爵が本気で怒っていることは、誰の目にも明らかだった。

大国一の大貴族だ。その諜報能力は抜きん出ており、ルピアが私を庇って寝込んでいることは既に知っているはずだ。

そのうえで、公爵は我が国に挑戦してきたのだ。

アスター公爵の立ち向かってくるような表情を見るまでもなく、彼が大事な従妹姫のために、我がスターリング王国に喧嘩《けんか》を売っていることは明白だった。

アスター公爵に対して何事かを言いかけたギルベルトを片手で制すると、私は玉座から立ち上がった。

通常、訪問客と面会する場合、王が玉座から離れることはない。

しかし、ルピアのことを真摯に想う相手を前にして、私自身が対応すべきだと思ったため、私は数段ある階段を降りると、アスター公爵の前に進み出た。

すると、公爵は挑むような表情で私を見やり、馬鹿にするかのように唇を歪める。

そんな風に感情を露《あらわ》にする公爵を見て、一つ年上の相手ながら若いなと思った。

そして、一方では、感情を思いのままに表すことができる立場を羨ましく感じる。

――もちろん、彼には怒るべき理由があった。

彼の大事な従妹姫を、私が傷付けて悲しませてしまったのだから。

「これは、ルピアのご夫君であらせられる国王陛下！　玉座を降りるなど、いかがされた？」

どこまでも挑発的な言葉を発するアスター公爵を正面から見つめると、私は口を開いた。

「まずはお礼を申し上げたい」

「……何だって？」

アスター公爵は聞き間違えたと思ったようで、眉を寄せると聞き返してきた。

そのため、私は誤解を生まないよう、はっきりとした言葉を発する。

「貴君の言葉通り、私は世にも得難い妃を貴国より迎え入れた。そのことについては、感謝してもし足りることはない。ディアブロ王国国王の名代として我が国を訪問されたアスター公爵に対し、感謝を申し上げる」

「………へえ」

アスター公爵は不思議な言葉を聞いたとばかりに唇を歪めた。

公爵からしたら、まさかそのような言葉が返ってくるとは思っていなかったようで、次の言葉を待つかのように無言で見つめられる。

そのため、私は言葉を続けた。

「妃の要望に応え、我が国を訪問されたことについても感謝する。しかしながら、妃は体調不良により私室で臥せている。そのため、対面はそちらで行ってもらいたい。……妃が至上なる存在であることは理解しており、貴君の妃に対する敬意は受け取った。だが、先に述べたように、妃は臥せているため、貴君が多くの耳目がある中で、妃に敬愛を示すことは難しいだろう」

公爵は腕を組むと、不満さを表現するかのように顎を上げた。

しかし、言葉を差し挟まれることはなかったため、公爵に対して新たな提案をする。

「もしよければ、妃の体調が回復した折に、私が貴君に代わって、公的な場で妃に敬愛の意を捧げよう」

それは現状で最良の提案であったものの、アスター公爵からすると、満足いく内容とは言えなかったかもしれない。

なぜなら私の提案内容では、遠地よりはるばる訪れた公爵が、自らルピアの価値を高めるために行動できないからだ。

しかしながら、私の懸念をよそに、公爵は私の提案に肯定的な意見を示した。

「……ふうん。代替案としては悪くないな。この国において、僕はよそ者でしかないからね。対して君は王だ。王が敬愛を示すとしたら、その意味は王宮中に広まるだろう。……よもや王が示す敬意の意味すら知らぬうつけ者が、王宮に足を踏み入れられるはずもないからね……そうだろう？」

ただし、アスター公爵は抜け目なく条件を示してきた。

彼は言外に、今後、王宮内でルピアの地位を確立するようにと、さらに、彼女を敬わない者を王宮に入れないようにと、要求してきたのだ。

私の後ろにぴたりと張り付いていたギルベルトが苦情を言いかけたが、私は片手を上げて彼を制する。

そもそも彼の要望は、私が目指している未来と一致しているのだ。拒否する必要などない。

「その通りだ」

しかし、公爵は私の返事に満足することなく、さらに一歩攻めてきた。

「お言葉感謝する。だが、初対面の君の言葉を、僕はどうやって信じればいいのだろう？　ああ、分かっている。君が大陸一の勇者だということは。長年小競り合いを繰り返してきたゴニア王国を叩きのめし、あの国の重要地域を全て併合したことで、今やスターリング王国は強国の仲間入りを果たしたのだから。そんな立派な王国に成長させた、偉大なる王の言葉だ。僕は無条件に信じるべきなのだろうね？」

それは完全なる挑発の言葉だった。

公爵にとって、大陸一の勇者であることも、強国の王であることも意味はない、とその口調がはっきり暗示していたのだから。

『私がルピアに足るべき者か』という1点だけを確認しに、公爵は我が国まで来たのだ。

私が優れていようが、そうでなかろうが、どうでもいいことは明らかだった。

「アスター公爵、さすがにあなたの態度は、王に対して不敬が過ぎます！」

とうとう我慢ならなくなったギルベルトが、警告の声を上げた。

ギルベルトにしてみたら、従うべき相手は私のみだ。

そもそもここはスターリング王国で、王は私なのだから、アスター公爵であっても『外国の公爵ごとき』でしかなく、私への態度が目に余ったのだろう。

冷静に判断して、アスター公爵の態度が一国の王に対するものでないことは承知していた。

この場の誰もが公爵の態度は不敬で、止《や》めさせるべきだと考えていたようだが、彼がそうしたいのであれば、その態度を受け止めるべきだと私は考えていた。

なぜなら先に、ルピアに誤った対応をしたのは私なのだ。

そのため、私はルピアの親しい者から――――大陸にその名を冠する偉大なるアスター公爵ではなく、幼い頃からルピアを慈しんできた彼女の従兄から――――同じような応対を受けるべきだと考えた。

私は再度片手を上げると、ギルベルトを押し留める。

「よい、ギルベルト。ルピアの従兄殿であれば、私に何だって発言できる」

それから、私はアスター公爵を見つめた。

「ただし、貴君の発言も訂正する。私がスターリング王国の王であるから信用してくれ、とは言わない。そうではなく……貴君の従妹であるルピアが選んだ者として、私を信用してほしい」

私がそう発言した瞬間、アスター公爵はかっとしたように目を見開いた。

それから、馬鹿にした様子で両手を打ち鳴らすと、激情を抑えきれない声を上げる。

「これは、これは！　本当に思ってもみない言葉を聞かされるものだな!!　君がルピアの信頼に足る人物だと、君は言っているのか？」

その口調から、とても信じられないといったニュアンスが読み取れたが、私は真摯な表情のまま頷いた。

「そのことを、この先一生を懸けて証明していく、と言っている」

アスター公爵が唇を歪める。

「……できなかった場合は、命でも差し出すと言うのかな？」

「それはできない。私の命はルピアのために使うと決めた。つまり、ルピアより1日でも長く生きて、最後まで彼女のためにこの命を使うと」

私とアスター公爵は至近距離で睨み合った。

私はぐっと腹に力を入れると、目の前にある嫌になるほど整った顔を見つめる。

――正直に言って、アスター公爵の存在に胸がざわつくのは事実だった。

このわずかな時間だけでも、アスター公爵がルピアのことをどれほど大切にしているのかを、簡単に把握することができたのだから。

これほど見栄えが良くて、大陸中に名を轟かせる人物が、ルピアに明らかな好意を抱いているのだ。

そのことを理解したことで、不安な気持ちが胸の中を暴れ出すのを止められなかった。

ルピアはまっすぐ私を想ってくれていたため、他の男性について考えたこともなかったが、思えば当然の話だ。

彼女はあれほど可愛らしくて愛らしいのだから、母国の誰からも愛されたに違いない。

それが家族愛なのか、異性間の愛なのかは不明だが、アスター公爵に可愛がられるルピアの姿を想像すると気分が悪くなる。

しかし、同時に感謝の気持ちを覚えた。

公爵は幼い頃からルピアの側にいて、彼女を愛し守ってくれたのだ。

そのおかげで、彼女は幸せな少女時代を送ることができたはずだ。

アスター公爵は私の大切な者を、同じように大切に想ってくれる貴重な相手で、――決して敵ではないのだ。

加えて、ルピアが困った時に一番に救いを求めるほど頼っている相手だ――私はルピアの気持ちを大事にすると決めたのだから、公爵を大事にしなければならない。

「ふ……ははは、面白いね、フェリクス王！　君は腹を決めたのだな。ルピアのために生きると！　……初めから君がそうであれば、何も問題はなかったのに!!」

私の表情を観察していた公爵は、何事かを読み取ったようで、心底腹立たしげに吐き捨てた。

「面目ない」

あくまで公爵の意見に逆らわずにいると、彼がふっと目の前で敵愾心《てきがいしん》を捨て去ったのが分かった。

公爵は頭を振ると、気分を変えるかのように両手で髪をかきあげる。

「僕は決して君を許さないよ。だが……」

そこで言葉を切ると、彼は大きなため息を一つついた。

「僕は幼い頃から、多くの時間をルピアとともに過ごしてきた。そのため、彼女の好みは分かっているつもりだ。……うん、確かに君みたいなのが、彼女は気に入るのだろうね。僕は君が世界で一番憎らしいと考えながら、この部屋に入ってきた。実際に君と対面したら、この悪感情はさらに膨れ上がるだろうと予想しながら感情のままに罵ってみたが、不思議なことにひとかけらも増えなかったよ。……うん、そうか。こういうタイプなのだな」

彼はわざとらしくもう一度ため息をつくと、片手をひらひらと振った。

「ルピアのところに案内してくれ。フェリクス王、僕はしばらくここに滞在するよ。今の君が改善されていたとしても、これまでの君が酷かったのは間違いないから、……滞在中、そのことに対して僕は苦情を言い続ける。いいね？」

❀　❀　❀

その後、私はアスター公爵をルピアのもとに案内した。

ルピアの寝室に足を踏み入れた途端、それまで均一だった公爵の歩みが乱れる。

公爵は寝台の上のルピアを見て眉を寄せると、つと視線を逸らして、ルピアの隣に寝そべっている聖獣に顔を向けた。

恐らくルピアと対面する前に、一呼吸置きたかったのだろう。

「お久しぶりだね、バド。うちのお姫様は、なかなかに頑張り屋だと思わないかい。2年間眠り続けたすぐ後に、もう一度眠ろうとするなんて。体力が残っていればいいのだが」

「そもそもなぜルピアが頑張り屋にならなければならなかったのかが問題だね。何ともまあ、すぐに死にかける王だよね」

「…………」

アスター公爵を見ていて、誰かに似ていると思っていたが、ここにきて私は答えを手にした。

つまり、聖獣だ。聖獣と公爵は同じような性質を持ち合わせているのだ。

双方ともに洞察力があり、現実主義者の皮肉屋だ。

そのため、同質の2人がそろうと、永遠に気に食わない者の――つまり、私の悪口を言い続けることになりそうだった。

全くごもっともだとは思うものの、ルピアの耳に悪い言葉を聞かせたくなかったため、早々に聖獣と公爵の話に割り込むことにする。

「聖獣様、いつもありがとうございます。アスター公爵、ルピアに顔を見せてやってくれ」

すると、聖獣は寝台から降りて、公爵のために場所を空けた。

アスター公爵はゆっくりと近付いていくと、ルピアの枕元で歩みを止め、じっと彼女を見下ろす。

しばらく黙って見つめていると、公爵の目からぽたりと大粒の涙が零れ落ちた。

しかし、公爵は自分が泣いていることにも気付いていない様子で、一心にルピアを見つめると、困ったように眉を下げる。

「……久しぶりだね、ルピア。君が身代わりで眠っているところを初めて見たが、想像よりも痛々しいね。顔色は悪いし、痩せ細っているし、酷いものだ。僕は君との2年間を失ったが、またもや数年間、僕を置いていく気かい？　……酷いものだ」

それから、公爵はルピアの手を握ると、彼女の額に自分の額をくっつけた。

「ルピア、君が選んだ道だから、僕は受け入れるしかないが、待つ身は辛い。早く元気になって、戻っておいで。……ルピア、愛しているよ」

最後は小さな声でルピアに囁くと、公爵は額を離し、上半身を起こした。

公爵はそのまましばらくルピアの様子を眺めていたが、気持ちを切り替えるかのようにつと視線を逸らす。

それから、公爵は私に視線を向けると、尋ねるように片方の眉を上げた。

「なぜ君が泣いている？」

そう言われて、確認するために片手を頬に当てると、確かに頬が濡れていた。

「……アスター公爵がルピアに愛情を示す姿を見て、感動したのだ。公爵、すまなかった」

「何がだ？」

「私は君に嫉妬していた。見目麗しく立派な君がルピアの側にいて、彼女と親しくしていたのかと思うと、苦しさを覚えたのだ。だが、今はそんな自分を恥じている。君がルピアを大事に想うことで、彼女は幸せだったのに、その幸せにケチをつけるような邪《よこしま》な思いを抱いてすまなかった」

自分の素直な想いを表現したためか、自然と公爵の呼び方がくだけたものになっていた。

自省してうなだれていると、公爵の声が降ってくる。

「……君は素直だな。だが、王としてはいかがなものか」

「王として対応する時は、私だってもう少し気を張り詰めて、それらしい振る舞いをする。だが、君はルピアの従兄だ。王の仮面を被《かぶ》らずに話をしたい」

そう言うと、私は公爵に対して頭を下げた。

王という立場上、多くの者が居並ぶ場所で頭を下げることは許されないが、ここは私室で、他に耳目はなかったからだ。

「アスター公爵、申し訳なかった。私はルピアへの対応を間違った」

「…………」

公爵は返事をしなかったが、私は言うべきことを口にする。

「私の過ちの詳細は説明しない。私はまずルピアに対して謝罪をしたいし、彼女のいないところで彼女への不当な仕打ちを話すことで、ルピアを辱める可能性があるからだ」

「……ああ」

公爵は相槌なのか、同意なのか不明な返事をした。

だが、それでいいと思った私は、顔を上げると公爵に要望する。

「君は私を許さないと言ったが、それが正解だ。君は私を生涯許さずに、いつでもルピアの味方でいてくれ」

公爵は理解できないとばかりに、眉根を寄せた。

それから、ぽつりと零す。

「……僕はしつこいよ」

「その方がいい」

ルピアは私に遠慮をして、言葉を呑み込むところがある。

だとしたら、歯に衣《きぬ》着せぬ第三者がルピアの味方になって、彼女の代わりに私を糾弾し続けてほしいと考え、私はそう返事をした。


その後は、ルピアの寝室内にあるソファに座って、公爵から長々と皮肉と説教をたまわった。

――ソファは寝台から離れていたため、ルピアに耳障りな言葉は届かなかったと信じたい。

途中からは聖獣も加わったが、それらのご高説は全てごもっともだったため、頷きながら聞いていた。


ありがたいことだと思いながら。

彼らはどこまでもルピアの味方だ。

だからこそ、彼女への対応を間違った私を切り捨ててもいいのに、見放さないでいてくれる。

それは、彼らの本質が優しいことに加え、他ならぬルピアが私を選んでくれたおかげだろう。

私は結局、ルピアに助けられているのだ。

公爵はスターリング王国に1週間滞在した後、母国へ戻っていった。

しかし、ディアブロ王国へ戻る直前に、ぼそりと不穏な言葉をつぶやく。

「ルピアをディアブロ王国に連れ戻す計画はどうしたものか」

そのため、私は一瞬にして青ざめると、そんな計画は根本から見直してくれるよう訴えた。

どうかルピアを私から取り上げないでほしいと。

彼はとうとうと訴える私の言葉を黙って聞いていた後、一言だけ口にした。

「僕は君が大嫌いだが、ルピアを預けていくよ」

【SIDEアスター公爵】いけ好かない従妹の夫

体中の血が沸騰する感覚とは、今の僕の状態を指すのだろう。

「何とまあ、ルピアが……へえ」

口から零れるのは、無意味な言葉のみだ。

なぜなら意味のある言葉を口にしたが最後、延々とルピアの夫を呪う言葉が飛び出てきそうだったからだ。

僕は手の中の手紙を握りつぶさないように苦心しながら、ゆっくりと手紙から指を引き剥がすと、隣で様子を見守っていた王太子のルドガーに顔を向けた。

「確かにルピアからの手紙だな」

僕の言葉を聞いたルドガーは、我慢ならないとばかりに口を開いた。

「そうだろう、間違いなくルピアが書いた、信じられないような手紙だ！　内容はいたって簡潔。あの子が魔女であることを説明できる者をスターリング王国に寄越してくれとのことだ。問題はなぜその必要があるかだ！」

ルドガーの言いたいことはよく分かる。

手紙が簡潔であるのは、悪いことが進行している証拠だ。

正直者のルピアが書ける、僕たちを悲しませない内容が少なかったということだから。

そして、わざわざ彼女が魔女であることを証明する者を、ディアブロ王国から招聘《しょうへい》しなければいけないということは、あの国では誰も、彼女が魔女であることを信じていないということだ。

――しかし、そんなことがあり得るだろうか？

なぜならルピアは、他ならぬスターリング王国国王の身代わりとなり、2年間眠っていたのに。

部屋の中では、ルピアの手紙の内容を検討するために集まった彼女の姉たちが、ルドガーともに騒ぎ始める。

「一体どうなっているんだ？　結婚後2年以上経過して、このような依頼をしてくるとはただ事ではない！」

「ああ、今すぐあの子の側に行かないと！　スターリング王国には私が行くわ！」

「いや、私が行く!!」

それらの言い合いは聞こえていたため、自分も名乗りをあげるべきだと思うのだが、胸の中で感情が激しく荒れ狂っており、声を出すこともままならない。

それでも、何とか感情を抑えようと努力したものの、どうにも上手くいかなかったため、感情的になっていることを自覚しながら一言だけ口にした。

「今回は僕に譲ってくれ」

その途端、ルピアの兄姉がぴたりと言い合いを止める。

――後に聞いた話によると、その時の僕の声と表情には並々ならぬ想いが込められており、彼らの全員が僕を止められないと考えたらしい。

そのため、その瞬間、スターリング王国行きを僕に譲ろうと、全員一致で決心したとのことだった。

その結果、僕の希望通り、僕がスターリング王国へ向かうことを、その場の全員が了承したのだった。

それから約1か月後、――スターリング王国王宮の廊下を歩きながら、僕は手紙を読んだ時以上の激しい怒りに包まれていた。

なぜならルピアの手紙を受け取って以降、次から次に不愉快な報告がスターリング王国からもたらされており、この国の王宮に来たことで、それらの内容が思い出されたからだ。

最大のものは、ルピアは2年間の身代わりの日々から目覚めたばかりだというのに、再び夫を庇って深い眠りについたということだった。

「何という間抜けだ！　よくもまあ、一国の王がそう次々に死にそうな目に遭うものだな!!」

思わずそう口の中でつぶやきながら、ずんずんと廊下を歩く。

「そのうえ、たかだか子爵令嬢ごときが、ルピアに大層な態度らしいな？　それなのに、放置しているとは、王は間抜けなのか？　……ああ、先ほどの感想と一致したな。やはり間抜けなのだろう!!」

　ふつふつとした怒りを覚えながら、玉座の間に入っていくと……。

　玉座に座っていたのは、若く美しい王だった。

　何の不足もないような凜々《りり》しい王が、穏やかにこちらを見下ろしている。

　その姿を見て、怒り心頭だった頭の芯が、すっと冷えていくのを感じた。

　……何ともまあ、嫌になるくらいの色男だな。

　なるほど、百聞は一見に如《し》かずと言うが、その通りだ。

　僕は彼の姿を目にしたことで、大まかなところを理解した気持ちになる。

　魔女は不幸な男性に魅《ひ》かれる傾向があるが、……だからこそ、フェリクス王もかつては不幸だったのかもしれないが、今は全てに満たされているのだろう。

　それはそうだ。ルピアが身代わりになったおかげで、瀕死の重傷を負っていたはずの彼は、傷一つない姿で戦場に戻ることができ、「女神の加護を得た」とたたえられたのだから。

　だからこそ、奮い立った兵士を従えて難しい戦争に勝利し、今や「大陸一の勇者」ともてはやされているのだから。

　――――そこまではいいだろう。

だが、間を置かずに再び死にかけて、ルピアに再度身代わりをさせたことは業腹だ。

しかも、この国独特の思想に基づいて尊重されている「虹の乙女」とやらを、側妃に迎える話が出ているとは何事だ。

全てはルピアの犠牲の上に成り立った恩恵を受けているだけだというのに、……ルピアは今だって眠り続けているのに、フェリクス王自身は涼しい顔をして通常の生活を送り、あまつさえ他の女性との噂話が出ているとは最低の男だな。

――いいだろう。

彼が僕の想像通り最低の男であることを証明して、ルピアを母国に連れて帰ろう。

恐らくフェリクス王はそれほどルピアに未練もないだろうから、簡単に彼女を差し出すに違いない。

そう考えながら、僕はにこやかに名前を名乗った。

「お初にお目にかかります、イザーク・アスターです」

だが、しかし。

それからすぐに、フェリクス王は第一印象通りではないことに、嫌でも気付かされた。

なぜなら散々挑発して、喧嘩を売ったというのに、フェリクス王は僕の態度にあてられることも、牽制してくることもなかったからだ。

それどころか、彼は玉座を降りて近付いてくると、真摯な態度で礼を言ったのだ。

――これは、僕が知っている王の姿としてはあり得ないことだった。

そもそも王という立場の者は、総じてプライドが高い。

侮辱には敏感で、それどころか、最上の敬意を持って接しないだけで、不快さを表してくる者ばかりのはずだ。

加えて、フェリクス王は未だ18歳の若者でしかない。

ただでさえ調子に乗っている年頃だろうに、さらに最近、長年対立していたゴニア王国を叩きのめし、あの国の重要地帯を併合したことで、自国を強国に造り変えた勇者としてたたえられ始めたのだ。

全ての国民から救国の英雄としてもてはやされているのだから、自分は優れているのだと、さぞ思い上がっていることだろう。

そう考えていたのだが、王の象徴である玉座から離れたばかりか、僕と同じ高さのフロアまで降りてくるとは……そのうえ、侮辱に対してお礼を返すとは……どうなっているのだ?

その後も散々挑発して、多くの要求を突きつけたというのに、フェリクス王は決して不快そうな態度を見せることなく、終始僕の希望を叶える意向の返事をした。

それから、ルピアに全てを捧げる様子を示した。

ことここに至って、僕はやっとフェリクス王の想いに気付かされる。

——ああ、何だ。フェリクス王は既に、ルピアに陥落しているではないか。

だからこそ、不愉快な態度を示す僕を受け入れているのだ——ルピアに連なる者として。

残念なのは、フェリクス王がルピアに落ちたタイミングが遅かったことだ。

だからこそ、あの子はこの国で辛い目に遭い、僕に救いを求めたのだから。

そんなフェリクス王は、初めて見るタイプの王だった。

きちんと国を統治し、自国の兵を率いて戦争に勝利しているのだから、覇気があり、王として有能であることは間違いない。

しかし、偉ぶったところが一切なく、プライドを捨てることができるタイプだった。

——ああ、これはルピアが魅かれるはずだ。

分かりたくもないが、分かってしまう。

魔女は不幸な人間に魅かれるものだ。

フェリクス王の優しさは、時に弱さにもつながり、その弱さをルピアは愛したのだろう。

それから、王という立場からしたら奇跡的なまでの優しさを、彼女は好んだのだろう。

高位者になるほどに、有能になるほどに、人は自分の行為が正しいと思い込み、自分で何事も決断したがる——それは、僕だって例外ではない。

だが、フェリクス王はきっと、ルピアに気持ちを尋ねるのだろう。

そして、ルピアに決断する機会を与え、ルピアが間違うと分かっていても、自由にさせたうえで見守る忍耐力と懐の深さがあるのだろう――少なくとも、これからの彼は。

「ああ、……多分、このような者の側にいるのが、ルピアは一番心地いいだろうな」

なぜなら母国においては、誰もかれもがルピアを大事にし過ぎているから。

全員がルピアの行動を先回りして、彼女が少しでも悲しい目に遭わないようにと、彼女の行動を制限する。

だから、母国において、ルピアに与えられるのは制限された自由のみだ。

あの子は聡《さと》いから、そのことに気付いていたはずで、本来、自由闊達《かったつ》であるルピアからしたら窮屈なことだったろう。

だから――フェリクス王の隣にいることが、彼女にとって最良なのだろう。

自由を与えることは、囲い込むことより何倍も大変だ。

だが、その努力をフェリクス王がし続けるというのであれば……。

「ルピアをディアブロ王国に連れ戻す計画はどうしたものか」

ぽつりとつぶやくと、フェリクス王が目に見えて青ざめた。

それから、そのような計画は根本から見直してくれと、とうとう訴えてきた。

いかに彼がルピアを愛していて、彼女がいなければもはやどうにもならないことを。

……うん、そこまで話を聞くつもりはなかったのだが、十分気持ちは伝わった。

もちろん僕はフェリクス王が大嫌いだが——僕の大事なルピアを傷付けたうえ、将来にわたって独占しようとしているのだから——それでも、ルピアの幸せは彼の隣にあると感じてしまったのだ。だから、仕方がない。

「ルピアを預けていくよ」

僕は当初の計画とは異なり、そう口にしていたのだった。

20・恋慕

ルピアが眠りについてから、3か月が経過した。

私は週に数度、執務室に顔を出すようになっており、ルピアの寝室に戻るとすぐに、眠る彼女に向かって、離れていた時間について報告することが習慣になっていた。

「ルピア、今日は久しぶりに大臣たちと面会したよ。私にとっては世界が造り変えられたような長い時間に思えたが……皆、前回会った時と何も変わっていなかった。そうだね、まだ3か月しか経っていないのだね」

私は寝台の横に置いた椅子に座ると、眠り続けるルピアの手を取り、ゆっくりとさすった。

「……また細くなったね。君が毎日を過ごす力や、取り込んだ私の毒を解毒する力を、この体が担ってくれているから、日一日と細くなっていくね……。ああ、君を見るたびに後悔ばかりだ。スープのひとすくいでも、果物のひとかけらでも、あと一口だけでも君に食べさせておくべきだったと悔やまれる」

撫でることで、ルピアの肌に少し色が付いたように思われ、もう少しだけ撫でる手に力を込める。

「私は君の食事にもっと関心を持つべきだった。もっと君の側にいて、面倒を見るべきだったのに」

そう零す己の腕も細くなっていることに気が付いて、偉そうなことを言う割には自分の面倒も見られていないじゃないかと、思わず苦笑した。

――毎日の生活において、楽しいことはほとんどなかった。

食欲は失せ、夜も長い時間は眠れない。

毎日考えることは、ルピアが今日一日を苦しみなく過ごせるだろうかということだ。

楽しいことがあるとすれば、ルピアの表情が穏やかそうに見える瞬間に気付くことだ。

自分でもルピアに傾倒し過ぎていると思うが、止められる気がしなかった。

……考えれば考えるほど、ルピアには一点の落ち度もなかったから。

それなのに、彼女が不幸な気持ちのまま眠っているのは、全て私のせいだ。

ルピアの従兄であるアスター公爵は、この国に滞在中、ルピアについて多くのことを教えてくれた。

彼女がどれほど可愛らしい子どもだったか、どれほど皆から大事にされていたか、……幼い頃から私のことを気に掛けてくれ、魔女の力で様子を見てくれ、救ってくれていたかということを。

それは淡々と綴られたルピアの手紙から読み取れたものとは異なり、胸が締め付けられるような温度のある話で、私は何度も涙を零した。

『君は泣き虫だな』と、公爵から呆れられたが、幼い時に涙して以来、私が泣くのはルピアのことのみだ。

そして、そんな私に追い打ちをかけるように、公爵は次々とルピアの話をする。

彼女は実際には語学が苦手で、我が国の言葉を覚えるのにすごく苦労した話や、私とダンスを踊ることを想定して、ダンス講師にはいつだって長身の者を選んでいた話を。

それから、私が戦場で受けた傷の身代わりとなり、2年間、聖獣の城で眠っていた話まで。

公爵は何一つ隠し立てすることなく、尋ねたことには答えてくれた。

恐らく、ルピアもそうだったはずで、私が尋ねれば何だって教えてくれただろう。

尋ねなかったのは、私の落ち度だ。

そのため、私は知るべき多くのことを知らずに過ごし、結果、ルピアへの対応を誤ったのだ。

私はもっと彼女を大切に扱うべきだった。

そして、もっと彼女に感謝し、彼女を守り、愛を捧げるべきだった。

ぽたり、ぽたりと涙が零れ落ちる。

毎日、変わらずに感じるのは、ルピアへの感謝だ。

未だにどす黒い血を吐くことがあり、日一日と体が細くなっていくのに、それでも命をつないでいてくれることへの感謝。

ルピアが生きていてくれるならば、何だって堪えられる。

そのため、改めてこの国を整えようと心に誓った。

ルピアにとって、少しでも暮らしやすい国になるように。

「ルピア、ありがとう。ゆっくりでいいから、どうか体から全ての毒を抜いてくれ」

そう言うと、私はルピアの髪を撫でた。

白くて美しい髪を。

「ルピア、君の髪は本当に美しいね。前にも言ったが、君の髪は我が国が誇るレストレア山脈の積雪のように輝いているし、瞳は国花と同じ紫色をしている。一目見た瞬間に、君は我が国にぴったりの妃だと思ったのだよ。……この白い髪の方が、虹色の髪より何倍も美しいと、心からそう思う」

私は彼女の髪を一房手に取ると、恭しく口付けた。

それから、私はもう一度彼女の髪を撫でると、この部屋に持ち込んだ執務机に向かい、書類仕事を始めた――彼女を視界に収めながら。

言い訳にしかならないが、これまで私の前に現れたご令嬢は皆、他人の努力や労働を己《おの》が手柄とする者ばかりだった。

侍女や料理人といった家人が行ったことを、すべて自分の行為と見做すのだ。

たとえばどこぞの侯爵令嬢が、『私が陛下のために作りました』と持ってきた焼き菓子は、最後にアーモンドを振りかけただけだと知っていた。

しかし、高貴なる貴族令嬢が一部でも手伝ったのであれば、確かに彼女にとっては「作った」のであって、自分をよりよく見せるためには、どれだけでも己の手柄にするのだろうと思っていた。

それが普通だと。

そのため、私が懐かしい料理を口にして驚いた時、『王妃陛下が作られたものです』と説明された際も、同様だと考えた。


「陛下、何かお食べになりたいものはございませんか？」

侍従頭から声を掛けられた私は、執務机から顔を上げた。

その日は、２日ぶりに執務室に顔を出していたのだが、積み上げられた書類を黙々と処理していたら、いつの間にか食事の時間になったようだ。

侍従頭が自ら話しかけてくることは滅多になかったため、彼から心配されるほど私は不調をきたしているのだろうかと、無言で自分の体を見下ろす。

すると、目に見えて肉が落ちている腕や足が目に入った。

思い返してみると、確かに最近は食欲が落ちていた。

しかし、ルピアが臥せている今、私が病気になるわけにいかないと、少しでも食べられそうな物を考える。

すると、ルピアが再現させてくれた懐かしい料理が頭に浮かんだ。

「クフロスを」

声に出しながら、この料理もルピアが私のために、宮廷料理人たちに作らせてくれたのだと思い出してしんみりする。

そして、あの懐かしい味であれば、少しは食べられるだろうと考えたのだが……。

どういうわけか、その日の夜に出されたクフロスは、私が食べたかったものと全く味が異なっていた。

一口食べただけでカトラリーを置く私を見て、侍従頭が困惑した様子で尋ねてくる。

「お口に合いませんでしたか？」

「私の味覚が変わったのかもしれないが、覚えていた味とは異なるようだ」

そう返すと、侍従頭は申し訳なさそうに返事をした。

「実は、料理長から謝罪の言葉を預かっております。『これまでお出ししていたクフロスは王妃陛下の手作りで、王妃陛下しか再現できない味になっております。申し訳ございません』」

私は驚いて、料理長を呼び付けた。

間もなくして駆け付けてきた料理長は、恐縮した様子で頭を下げると、コック帽を握りしめながら口を開いた。

「あの料理は、芋を洗って皮をむくところから、お皿に盛り付けるところまで、全て王妃陛下が行われておりました」

「ルピアが？　野菜を洗って、切ったというのか？」

「はい、それはもう見事なお手並みでした」

「…………」

私はごくりと唾を飲み込むと、突然、激しく拍動し始めた心臓の音を煩く感じながら、胸元部分の服を握りしめた。

……確かにルピアが作ったとの報告を受けていたが、実際には、料理人たちが作ったとばかり思い込んでいた。

しかし、彼女は料理ができて、私のために時間と労力を使ってくれていたのか？

「……だが、そんなことをすれば、どれほどの時間がかかるのか」

私の質問に対し、料理長は恐ろしい答えを返してきた。

「3時間です。そのため、あの料理は王妃陛下のお時間がある時にのみ、作られていました。……調理室には『王妃陛下の樽《たる》』と呼ばれている場所があります。あの料理には、芋を細かく砕いて、バターと小麦粉を混ぜる工程があります。それを王妃陛下は『王妃陛下の樽』に座られて、1時間かけてやられていました」

「1時間も混ぜ続けるのか？」

ルピアの細い手首が思い出され、その労力はいかほどのものだったのかと不安になる。

思わず痛まし気な表情を浮かべた私の前で、料理長は早口で言葉を続けた。

「王妃陛下はクフロスを作られる時は必ず『王妃陛下の樽』に座られて、『料理で大事なのは気持ちなのよ。混ぜて、混ぜて、混ぜて、そして、混ぜて！』と楽しそうに口にされながら、混ぜられていました。その言葉には聞き覚えがあります。先代の料理長の口癖です。王妃陛下は先代料理長に料理を師事されておりました」

私は片手でぐっと口元を押さえた。

こんな偶然が起こるはずもない。

ルピアは分かっていて、私の料理を作っていた料理人を師としたのだ。

「前料理長はバターと小麦粉を混ぜる時に、独特の手首の回し方をされていました。そして、王妃陛下は全く同じようにされるのです。私たちも同じ教えを受けましたが、手首に負担がかかるので、誰も継承しませんでした。ですが、王妃陛下はやられていたのです。1時間、漫然と混ぜるのではなく、1回、1回、意識しながら、ただ、食する方のためを想って作られていたのです」

ルピアが私のことを想って料理を作ってくれていた。

ああ、だからこそ、あれほど美味《おい》しく感じたのだろう。

「……私たちに、同じ料理が作れるはずはありません。陛下がもう一度食べたいと思われることに、不思議もありません。王妃陛下の料理は美味しいに決まっています。ただ、陛下のことだけを考えて、一心に作られていたのですから」

声を出せる気がしなかったので、私は俯いたまま頷いた。

そんな私に対し、料理長は声を詰まらせると、かすれた声で続けた。

「王妃陛下がものすごく高貴な方であることは存じ上げていますが、……あんな風に、きらきらと光るように一心に恋をされている方を、私は初めてお見かけしました」

「…………ああ」

その日、私はそれ以上一言も発することなく、ただルピアのことを考えていた。


最近の私は、ふらふらと王宮内をさまよい歩くことがあった。

ルピアの足跡を辿《たど》り、彼女が普段訪れていた場所を一つ一つなぞるように訪れるのだ。

その日、私はルピアの寝室から見える「王妃の庭」に立っていた。

彼女は私室からよく庭を眺めていたと聞いていたので、同じ景色を見つめたい気持ちになったからだ。

　すると、一人の騎士が近付いてきて、私の後ろに立った。

「……ビアージョか、久しぶりだな」

　声を掛けた相手は、騎士団トップであるビアージョ騎士団総長だった。

　私がルピアの寝室に籠りきりになっていたため、彼と顔を合わせるのは私が毒に倒れた時以来になる。

　3か月前、毒に冒された私がルピアに救われた場面に、ビアージョは居合わせていた。

　その際、彼は私の間近に立っていたため、ルピアの魔法を目の当たりにしている。

　そのこともあって、ルピアが魔女であることをビアージョに説明するよう、私は宰相のギルベルトに言い付けていた。

　今となっては、ルピアが魔女であることを疑いようもない。

　そのため、いざという時に彼女の助けとなるよう、必要な者の間で情報を共有すべきだと考えたからだ。

　現時点において、ルピアの侍女のミレナ、宰相のギルベルト、騎士団総長のビアージョの3人がルピアの秘密を知っている。

　そのため、今後、この3人がそれぞれの立場に立って判断を下す場合、必ずルピアのことを勘案するだろう。

ミレナはルピアの身の回り全般を担当しているため、ルピアに関することであれば必ずミレナを通る。

　また、ギルベルトとビアージョはそれぞれ文官と武官のトップのため、国内の重要事案の意思決定を行う際に、必ずどちらかを経由する。

　つまり、この3人を押さえておけば、ほぼ全ての事柄が網羅され、あらゆる場面でルピアが尊重されることだろう。

　そのビアージョは幼い頃に私の護衛騎士をしていたため、いつだって私の利益になるようにと考えて行動する。

　そんな彼であるからこそ、私の代わりに倒れたルピアを恩人のように感じ、心配しているのではないだろうか。

　そう考えた私は、庭を眺めたままルピアの現状を口にした。

「ルピアは生きている。この3か月もの間、食事もせず、水も飲まないから、日一日と体が細くなっているが、……その細い体で毒に耐えながら、自らの体を浄化している」

　ビアージョは基本的に感情を露にしないのだが、激情を抑えきれないとばかりに、両手の拳に力を込めた。

「誰であれ、噛まれれば必ず死ぬような猛毒だ。体中を浄化するのに、どれほどの苦しみに耐えなければならないのだろうな。また、どれほどの時間がかかるのだろう。見ているだけでも苦しみを覚えるほどだが、……彼女は挫《くじ》けることなく、命をつないでくれている。……頭が下がる思いだ」

ビアージョは深く頭を下げると、女神への感謝の言葉を口にした。

それから、私の前に来て跪くと、もう一度深く頭を下げた。

「ルピア妃の隠された能力と勇敢なご行為について、宰相よりうかがいました。何よりも尊き王妃陛下をお迎えされましたことについて、遅ればせながらお祝い申し上げます。それから、改めて我が身の不徳の致すところについてお詫び申し上げます」

「……何についてだ？」

端的に問いかけると、ビアージョは頭を下げたまま答えた。

「2年前の戦場において、フェリクス王をお守りできなかったことについてです。私はあの地で、何としてでも陛下をお守りしなければならなかった。しかしながら、敵兵の接近を許してしまい、そのお命を危険に晒しました」

私は2年前の戦場を思い返していた。

あの時点で、我が国の兵たちは隣国ゴニア王国の領土に踏み入っており、敵地にて陣を構えていた。

そのため、地の利はゴニアにあり、我が国の兵たちが知らぬ坑道を通って、敵兵が接近してきたのだ。

ビアージョ一人が責任を問われる話ではないだろう。

そう思ったが、騎士団総長は後悔に満ちた表情を浮かべた。

「そんな不甲斐《ふがい》ない私に代わって、王妃陛下はフェリクス王のお命を救ってくださった。……私は何度も、戦場で傷を負いました。命を失うほどのものは一つもありませんでしたが、どの傷を受けた際にも、痛くて苦しい思いをしたことを覚えています。あの……あれ以上の苦痛を、王妃陛下が味わったのかと考えるだけで、慙愧《ざんき》に堪えません」

「……私も、同じ思いだ」

刺し貫かれた時の痛みを覚えている。

あの痛みは絶対に、深窓の姫君が耐えられるものではないはずだ。

「……瀕死の重傷を負った者の一定数は、戦場で使い物にならなくなります。痛みの記憶が残っていて、どうしても体が逃げを打つのです。それなのに……あの日、あの時、毒に冒されていたフェリクス王を前に、王妃陛下は全く躊躇されませんでした。一かけらも躊躇うことなく、痛みと苦しみをお引き受けくださり、今一度、王を救われたのです」

ビアージョは憔悴《しょうすい》した顔を上げると、正面から私を見上げてきた。

「にもかかわらず、私は自分がどれほど無知であるかも知らずに、そのような尊き王妃陛下に対して、許されざる無礼を働きました」

そう切り出すと、ビアージョは辞職を申し出てきた。

ビアージョの話に思い当たることがあったため、私は記憶を辿る。

ミレナの話では、ビアージョはルピアに対し、「虹の乙女」であるアナイスを側妃に勧めたとのことだった。

何の不足もない、むしろこれ以上望むべくもないほど素晴らしいルピアに対して、礼を失した行為だ。

いくら私のためを思っていたとはいえ、そして、目の前に見えた事実と思われたことがルピアを悪く示していたとしても、この国で最も尊ばれるべき王妃に対して、間違った行為であることは明白だ。

ルピアはビアージョを慕っていたようだから、ショックを受けたことだろう。

だが……。

「辞職は認めない。これほど苦しんでいる妃を残して、お前一人が逃げようというのか。残ってルピアに償い、その命を彼女のために使え。私も私の全てを使って彼女に償うつもりだが、私一人で足りるはずもない」

恐らく私が何を言ったとしても、ビアージョは無条件で受け入れようと、前もって決めていたのだろう。

彼は深く頭を下げると、恭順の意を表した。

ビアージョは昔気質《かたぎ》の義理堅い男だ。

受けた恩は何倍にもして返すタイプで、今後は文字通りルピアのために命を張るだろう。

ただし、そのルピアが目覚めるまでに、長い時間が掛かるだろう……と、そう考えていると、ビアージョが震える指を組み合わせるのが見えた。

彼は頭を下げたまま、組んだ両手を額に当てると、かすれた声を出す。

「王妃陛下が非常に大切にされ、蝶よ花よと育てられたことは存じ上げていますが、……あれほど勇敢で、躊躇なく我が身を投げ出される女性を、私は初めてお見かけしました。王妃陛下を心から尊敬いたします」

「…………ああ」

私は心から同意した。

あれほど勇敢で、優しくて、思いやり深い者など、他にいるはずもないと考えながら。


その後、私室に戻ると、私は2年前に貫かれた左胸と、3か月前に毒蜘蛛に噛まれた左腕を、改めて確認した。

しかし、どちらにも傷一つなかったし、体を動かしてみても、わずかな痛みを覚えることもなかった。

――苦しいものは全て、ルピアが引き受けてくれたから。

その日、私はルピアの寝台近くに置いた椅子に座ると、一日中彼女の手を握っていた。

それから数日後のある日、ルピアの寝室で書類仕事をしていた私は、ふと思い出したことがあって、ミレナに話しかけた。

「ルピアは朝食用に必ずドレスを着替えていたな。そのどれもが可愛かった。彼女はお洒落《しゃれ》だな」

そうであれば、もっと多くのドレスを彼女のためにあしらうべきだった、と後悔しながら口にしたのだが、ミレナは眠り続けるルピアの髪をすきながら首を横に振った。

「いいえ、そうではありません。朝食用に着替えていたのではなく、朝食後に着替えていたのです。朝食は必ず、国王陛下もご一緒でしたので、その時にルピア様は国王陛下の服装を確認されていました。そして、陛下の服装に合わせる形で、ルピア様は着替えられていたのです」

「……どういうことだ？」

私は手に持っていた書類を机の上に置くと、ミレナを見つめた。

「国王陛下が青いシャツを着られた時は、差し色に青を使ったドレスを、陛下が白いシャツにオレンジのタイをされていれば、鮮やかなオレンジのドレスを……国王陛下と並んだ時に、対になって見えるよう、ルピア様はお召し物を替えられていたのです。そのため、偶然にも、国王陛下とルピア様が対に見えるようなドレスを朝食時に着用されていた時は、ルピア様は決して着替えられませんでしたわ」

そう言うと、ミレナは誇らしくも泣き出す寸前のような複雑な表情を浮かべた。

「これほど一途《いちず》でお可愛らしい王妃陛下に仕える侍女は、世界中探しても私だけです」

「…………ああ」

私はそう返事をすると、俯いた。


――誰にルピアの話を聞いても、同じ感情が返ってくる。

料理人も、騎士も、侍女も、誰もがいつの間にか王妃を愛していた。

どれほど一途に夫を想っていたかを知っていたから。

「料理人はルピアが料理をする場面を見ていただけだ。騎士だって彼女を護衛していただけだし、侍女も彼女が服を着替えるのを手伝っていただけだ。なのに、誰もが彼女は私を想っていたと断言する。肝心の私は彼女の気持ちを信じ切れなかったのに……私は一体、彼女の何を見ていたのだろう？」

胸の内から感情が溢れ出てきて、そして、それらを抑え切れるとも思えなかったので、私はうろうろとルピアの寝室を歩き回った。

すると、いつもは気に掛からない装飾品が目についた。

それは、飾り暖炉《マントルピース》の上に置かれた小さな飾り箱だった。

何が収められているのだろうと興味を引かれ、何気なく開けてみると、中からは数枚のハンカチが出てきた。

色鮮やかな刺繍《ししゅう》がされたハンカチを目にし、そういえば彼女から、見事な刺繍を施したハンカチをもらったことがあったと思い出す。

あの時は嬉しく思ったものの、彼女が刺繍をしていたのが戸外だったため、暑さ寒さで体調を崩してほしくなく、今後は戸外で刺繍をしないようにと彼女に伝えたのだった。

そのため、それ以降は彼女の作品を目にすることはなかったが、他にも刺繍をしていたのだな、と興味を引かれ、一番上に置かれたハンカチを手に取る。

すると、そのハンカチにはたくさんのイルカが刺繍されていた。

泳いだり、ジャンプしたりと、イルカたちはとても楽しそうで、彼女の明るい性格がよく表れている。

よく見ると、1匹だけ尻尾の向きが異なっていた。

イルカと同じような形状で、尻尾の向きが異なるのはサメだ。

1匹だけサメが交じっている。そのいたずら心に自然と笑みが零れる。

別の1枚を手に取ると、そのハンカチには鮮やかな虹が刺繍されていた。

じっくり眺めてみると、虹の色が通常より1色多くなっていて、8色の虹がかかっている。

8色目の色は白色で、私の主髪色である藍色の隣に、彼女の髪色である白色が寄り添うように刺繍されていた。

――――誰が見ても、私のことが好きだと分かる。

「ルピア、私も君が好きだ…………」

言葉にすると、想いが込み上げてきて、ぽろりと涙が零れた。

その後、私は久しぶりに自分の居室に戻ると、執務机の引き出しを開いた。

それから、ルピアにもらったハンカチを取り出す。

刺繍の図柄を確認すると、それは私が幼い頃、落ち込むことがあるたびに訪れていた、城の裏庭から見える風景だった。

いつの間にか、訪れることもなくなっていたが、幼い私にとって聖域だった場所だ。

「ルピア……」

彼女は私に安らぎを持たせようとしてくれたのだ。

そのことに気が付くと、もう涙が止まらなかった。

私は贈られたハンカチを持ってルピアの寝室に行くと、いつぞやのように寝台の近くの椅子に座り、彼女の手を握る。

十分満たされていて、話すことは何もなかったが、声に出さないと伝わらないと考え、ぽつり、ぽつりと言葉を紡いだ。

それらの半分はルピアへの感謝の言葉で、残りの半分は好意を告げる言葉だった。

いずれにしても、彼女の寝室で私が口にしたのは、ルピアに関することのみだった。


それから、数か月が経ったある日、ルピアの寝室で執務をしていたところ、彼女の服がはだけていることに気が付いた。

ペンを置いて椅子から立ち上がり、彼女の服を整えようと近付いていったが、途中でぎくりと足が止まる。

なぜなら目に入ったものが、信じられなかったからだ。

大きく目を見開いて彼女を見つめるが、目に映るものは変わらなかった。

そして、それが何なのかを理解するにつれて、心臓がばくばくと早鐘を打ち始める。

――ルピアの左肩に、遠目でも分かるほどの、深い傷が刻まれていたからだ。

無作法だと思いながらも、ルピアの側に寄ると、震える指で彼女の服の胸元を緩める。

すると、左肩から心臓まで続く、長く深い傷が現れた。

「…………ルピア……」

その傷がどうやって刻まれたのかを理解し、嗚咽《おえつ》を抑えるために片手で口を覆う。

硬直したまま真っ青になっていると、ミレナが部屋に入ってきた。

彼女は私とルピアを交互に見つめると、何が起こっているかを把握してまなじりを鋭くした。

「全く無作法な行為ですこと！　女性にとって恥ずべき、隠しておきたい傷を暴くなど、許されざる行為ですわ」

ミレナは私を糾弾してきたが、今回ばかりは大人しく引き下がる気になれなかった。

「お前はこの傷を知っていたな。それなのに、なぜ私に報告しない？」

ミレナは従順な侍女ならば決して浮かべない表情を見せた。

「ルピア様は傷がある体を恥じておられ、あなた様には決して知られたくないとお思いでした。なぜ私が、主《あるじ》のお気持ちに逆らうのです？　どのみち、その傷はルピア様のご決断です。あと数か月長く眠っていれば、綺麗に消えてなくなったものを、分かっていながら目覚められたのですから」

私は鈍器で殴られたような衝撃を受けると、ひきつれた声を出した。

私が彼女に何をしたのかを、改めて理解したからだ。

「………それは、私に会うためなのだろう？　そんな、私のために無理をして目覚めた彼女を、私は責めたのだ………」

――ああ、ルピア。

君はどんな気持ちで、私のもとに戻ってきたのだろう。

君は死ぬほどの痛みについて、一度も文句を言わなかった。

私を責めることもなかった。

君はどんな表情で、私に帰ってきたと言ったのだったか。

そこにあった愛を、私は覚えていない。

君の表情は覚えているが、そこにあった深い愛に私は気付いていなかったのだ。

そして、君が私の子を身籠り、人生で一番喜ぶべき報告をした時に、私は君を糾弾した。

——もう一度あの時間をやり直せるのならば、私はどんな犠牲でも払おう。

君が幸せに満ちた表情で、優しい声で、私の子が腹にいるのだと微笑んでくれるのならば。

一度も叶わなかった時間を、君に取り戻してあげられるのならば。

私はただただ君を抱きしめ、何度でも愛を乞うだろう。


——そう心から希ったけれど。

失った時間を、取り戻せるはずもなく。

ルピアの状態が、劇的に良くなることもなく。

彼女が眠ったまま、日々はゆっくりと過ぎていった。

そして、季節が一巡する頃には、彼女が眠りながら苦しむことは、ほとんどなくなっていた。

そのことに、心からの安堵《あんど》を覚える。

その頃には、私の生活スタイルも安定しており、昼は執務室に通い、夜はルピアの寝室で眠ることが常態となっていた。

ルピアの状態は安定しており、夜中ずっと様子を見ている必要はなかったが、もはや自分の部屋で眠る気持ちになれなかったからだ。

彼女が視界に入っていないと、落ち着かない気分を味わうため、寝台から少し離れた場所に長椅子を置いて、そのうえで彼女を見守りながら眠ることが習慣となっていた。

日々暮らしていく中、ルピアの優しさはあちこちに落ちていて、私はそれらに触れるたびに、愛しくも切ない気持ちを覚えた。

たとえば私はこの1年間、一度も虹を見なかった。

「私が部屋に籠って過ごしていたことが原因かもしれないが、それだけでもないだろう。……虹はそうそうお目にかかれるものではないことに、やっと気が付いたよ。君がどれほど私に祝福を与えてくれていたのかも」

私はルピアの柔らかい髪をゆっくりと撫でながら、そう彼女に語りかけたが、返事はなかった。

――それから、さらに1年が過ぎた。

ルピアが前回、身代わりで眠った際は、2年で目覚めている。

そのため、いよいよルピアが目覚めるのかと期待したが、その後さらに1年待っても、彼女が目を開くことはなかった。

「ルピア、君が眠ってから3年が経過したよ。前回の君は2年で目が覚めたが、……あの時は、傷も治りきらないうちに目が覚めたのだったね」

だから、本来ならばもっと長い時間が必要なのかな、とルピアに語り掛けながら、彼女の手を握りしめる。

「ねえ、ルピア、君はもうしばらく眠るのかな？　君の腕は……いや、腕だけじゃない。どこもかしこもこれほど細くなってしまって、……君が目覚めたら、一緒に食べたいものがたくさんあるよ」

そう言って彼女を見つめたが、彼女は私の声が聞こえた様子もなく、ゆったりと眠り続けていた。

――それから、さらに3年が経ち、彼女が眠り始めてから6年もの月日が経過した。

その頃になると、私は日々、不安な気持ちを抱えながら生活していた。

なぜならルピアの体から、全ての毒はとっくに抜け切ったと思われたからだ。

この3年間、ルピアの顔色は良く、呼吸も穏やかで、ただ眠っているだけのような状態が続いている。

そうであれば、彼女は目覚めてもいいはずだ。

一体、何のために眠っているのだろう。

聖獣に何度尋ねても、答えはなかった。

しかしながら、聖獣はルピアの側を離れるようになっており、数日間、王宮を空けることもあったので、ルピアの状態は安定しているに違いないと確信を持つ。

そのため、私は毎日のように恐怖を覚えた。

もしかしたらルピアは、このまま眠り続けるのではないだろうかと。

私は一人だけ老いていき、二度と彼女に会えないかもしれないと。

「ルピア、……ルピア」

私は縋るかのように、彼女に呼びかける。

「図々《ずうずう》しい願いだろうが、……私は君と一緒に年を取りたい。一緒に声を上げて笑いたい。悲しい時は、君と手を取り合って涙を流したい」

眠っている彼女の手を取ると、必死になって語り掛ける。

「君がずっと望んでいた西部地区に橋を架けたよ。これで、あの地区が取り残されることは二度とない。そう言ったら、君は喜んでくれるかな。よくやったと、少しは私を褒めてくれるかな。それとも、……もう今さら、私が何をしようとも君の心には響かないのかな。ああ、6年は長いよ。君と時間を共有したい」

しかし、それでも彼女が目を覚ますことはなかった。

――さらに3年が経過した時、私は絶望的な気持ちの中、突然気が付いた。

……もしかしたら、ルピアは私に会いたくないのかもしれないと。

だからこそ、彼女は眠り続け、目覚めないのかもしれないと。

私は臥せる彼女の手を取ると、自分の額に押し当てた。

それから、震える唇を開く。

「ルピア、……君が私を好きでいることが苦しくて、そのせいで目覚めを拒絶するのならば、その気持ちを捨てればいい。君が私への想いを忘れても、私はずっと君を愛するし、必ず君を取り戻すから」

私の声が聞こえていたかは分からない。

しかし、その日から少しずつ、彼女の頬に赤みが差してきたように思われた。

それから、彼女は眠ったまま微笑んだり、涙を零したりするようになった。

この変化は良い傾向だと自分に言い聞かせ、私は祈りながらルピアの目覚めを待った。


――それから、さらに1年が経ち、彼女が眠りについてから10年が経過しようとした時、彼女は突然、全く動かなくなった。

それまでは手を動かしたり、体の向きを変えたりと、眠っていても動きがあったのに、ぴくりとも動かなくなったのだ。

そのため、私は緊張を覚えた。

この変化は、目覚めの兆しかもしれないと思ったからだ。

私は執務室に行くことを止めると、ルピアの部屋で一日中彼女を見守る生活を始めた。
静かに横たわる彼女を眺めながら、いよいよ彼女が目覚めるのではないかと期待する。
果たして、私の予想は当たっていたようで……。

――ある美しい冬の日、私は私の妃が目を開ける姿を目にした。
それは彼女が眠りについて、10年後のことだった。

The self-sacrificing witch is
misunderstood
by the king and is given
his first and last love.

by TOUYA

第2.5章

謝罪と決意と溢れる恋慕

The self-sacrificing witch is misunderstood
by the king and is given his first and last love.

私たちは私たちの王妃を失い続けている

【SIDE 騎士団総長ビアージョ】

私はずっと、自分は騎士として正しい道を歩んでいると思っていた。

公平で公正であり、弱き者を助ける者であり、それが何事であれ誠実に対応していると思い込んでいた。

――全くの思い上がりだったが。

なぜなら私は、一片の汚れも狡さもなく、身を守ることすら知らない王妃陛下を――私が守るべき主君を傷付けたのだから。

そのため、どこまでも優しい王妃は、私ごときの言葉に傷付き、長い眠りにつかれた――余計な傷を一つ多く抱えたまま。


ルピア・スターリング。

大国ディアブロ王国から嫁いで来られたルピア王妃は、真《まこと》に尊きご存在だった。

そして、誰もが救うことを諦めた王を、身代わりになって救ってくださった。

そのせいで、王妃は私の目の前で倒れられたのだが、――改めて目にしたその姿は小さく、細く、触れただけでも壊れそうな繊細さだった。

このように私の何倍もか弱き方が、ただ突っ立っていただけの私に代わり、王を救ってくださったのだ。

そのことを悟ると同時に、王妃に対して言ってはならない言葉を口にして傷付けた過去を思い出し、膝から崩れる。

――後悔しても、後悔しても、取り返しがつかない。

しかしながら、そんな愚かな私を、王妃は一度も責めることも、咎めることもなかった。

それどころか、傷付けられたと声を上げることもなかった。

王妃が黙したまま眠りについたので、誰も私の罪を知らず、それゆえ責められることもない。

ただ世界があの優しい眼差《まなざ》しと声を――善良で、美しく、優しい私たちの王妃を失ってしまっただけだ。

「ビアージョ総長、どうか自室でお休みください！　総長はこの2か月間、野外で仮眠を取るだけの生活を続けられています！　このままでは総長の体が持ちませんので、どうぞ王妃陛下の部屋の警備は私たちに任せてください!!」

勤務終了後、いつものように警備中の騎士たちに合流した途端、皆から取り囲まれ、苦言を呈された。

彼らは王妃の寝室の真下に広がる庭の警備を担当している騎士たちで、ここ2か月の間、毎日顔を突き合わせている仲間だった。

――私は44歳だ。騎士たちの言う通り、毎晩、野外で眠っても平気なほどには若くない。

そのため、もっともな進言だと思ったが、部屋に戻ったならば、逆に一睡もできないことは明白だったため、心配そうに私を見上げてくる騎士たちに正直な心情を告げる。

「部屋に戻ったら眠れない。私がここにいたところで、何もできないことは理解しているが、それでも、私が目を離した隙に王妃陛下に何事かがあったらと考えると、居ても立っても居られない気持ちになるのだ」

私の言葉を聞いた騎士たちは、痛まし気に顔を歪めた。

それらの表情を見て、誰もが私と同じ気持ちで、だからこそ、私の言葉を理解したのだと悟る。

「王妃陛下は国王陛下の毒をご自身の身に受けられた。そして、今、その毒と必死に闘っておられる。私にできることは、それ以外の危険が決して王妃陛下の身に及ぶことがないようにと、周りを警戒することだけだ」

改めて心の裡を声にすると、騎士たちは無言で頷き、それぞれの配置に戻っていった。

騎士たちは皆、王妃が王の毒を吸い出して救った際に、その毒に冒されたという話を信じている。

実際はもっと衝撃的で献身的な話なのだが――その作り話だけでも、騎士たちにとっては十分胸を打つ話のようで、誰一人助かったことがない蜘蛛の毒から王を救った勇敢な王妃に傾倒していた。

そして、それは当然のことだった。

我が国の王妃は、誰もが敬うに相応しい方なのだから。

私は他の騎士たちとともに、2階にある王妃陛下の寝室を見上げると、少しでも早く毒が抜け、苦しみから解放されるようにと、心の中で強く願ったのだった。

――2か月前、王宮にもたらされた第一報は、聞いた者全てを震撼させた。

「フェリクス王が毒蜘蛛に噛まれました!!」

その報告とともに蜘蛛の死骸も持ち込まれたが、これまで誰一人として生き延びた者がいない、強力な毒を持った蜘蛛であることが判明したため、その場にいた全ての者が絶望を覚える。

間もなく王が王宮に運び込まれたが、その顔色は土気色に変わっており、既に毒が体中に回っていて、王に残された時間がわずかしかないことは誰の目にも明らかだった。

そのため、取り急ぎ、王宮の入り口に近い客室に王を寝かせると、同行していた『虹の乙女』であるアナイス嬢が王に取り縋って涙を流し始めた。

咄嗟《とっさ》に虹の女神の御力をお借りして、王をお救いできないかとアナイス嬢に頼みかけたが、できるものならばとっくにそうしているはずだと気付き、言葉を呑み込む。

王は既に一度、女神の御力により命を救われている。

そのため、咄嗟にもう一度と願ってしまったが、奇跡がそう何度も起こるはずはないのだ。

絶望的な思いで王を見下ろしていると、宰相のギルベルトがふらふらと王の枕元に近付いてきた。

彼はぶるぶると震える手を伸ばしたが、王に触れることはできなかったようで、震えながら声を絞り出す。

「王、……王、どうか目を開けてください」

それから、ギルベルトは王の前に跪くと、同じ言葉を繰り返し始めた。

「王……フェリクス王！　どうかお目覚めください！」

しかし、その望みを叶えることが難しいことは、隣国で同じ症例をいくつも見てきた私には分かっていた。

そのことを証するように、王宮侍医は簡単な診察をしただけで首を横に振る。

誰の目にも、王の死が目前に迫っていることは明らかだった。

王と同時期に毒蜘蛛に噛まれた護衛騎士がこと切れたとの報告が入ると、部屋に集まった大臣や貴族たちが叫び始める。

毒蜘蛛の生息地が隣国であることは周知の事実だったため、彼らの半数は隣国ゴニアへの報復を宣言し始め、残りの半数は次の王としてハーラルト殿下を掲げるよう訴えていた。

誰もが王の死を確信し、彼の死後について話を始めていた――王はこの場にいて、まだ生きているというのに。

呑み込めない様々な負の感情を必死で抑え付けていると、さっと人々が割れて、一人の女性が現れた。

ルピア王妃陛下だ。

その凛とした姿を目にし、はっとして一歩後ろに下がる。

――そうだ、失念していた。

この方は王の妃で、一番にこの場にいるべき方だったのに、呼びに行くのが遅れたために最後に到着させてしまった。

そのことを申し訳なく思っていると、王妃は真っ青な顔で王に近付いてきて、両手を伸ばし王の両頬に手を掛けた。

もちろん王妃には王の最期の時間を独占する権利があるし、悲しみに浸る時間が必要だろう。

そう考えた私の思考はいかにも凡庸で、王妃の重大な決意を何一つ分かっていなかった。

そのため、私はただただ驚くことしかできなかった――王妃が王に触れた瞬間、見たこともない文字がまるで模様のごとく出現し、円陣を描くように形成されるさまを目にした時には。

何が起こったのか分からずに硬直していると、王妃は聞いたこともない言葉を――あるいは、音を紡ぎ出した。

その声に呼応するかのように光の円陣は足元で広がり、王の体全体を包み込むほどの大きさになった――と思った瞬間、王妃はゆっくりと王に口付けた。

刹那、何か大きな力がその場に発生する。

戦場で死を間近にした時のような、圧倒的で絶対的な力が、突然その場に発生したことを、肌で感じ取ったのだ。

部屋中にしんとした沈黙が落ち、誰もが瞬きもしないで王と王妃を見つめる中――王がゆっくりと目を開けた。

誰一人言葉を発することができず、無言のまま凝視する中、王は静かに長椅子から上半身を起こす。

あり得ないことに、王の動作は毒に冒されているとは思えないほどスムーズで、その顔色は普段通りに戻っていた。

そのため、一瞬にして王の毒が消えてなくなったのだと理解する。

――二度目の、奇跡が起きたのだ。

信じられない思いで目を見開く先で、王妃に気付いた王が彼女の名前を呼びかけた――瞬間、がくりと王妃が倒れ込んだ。

咄嗟に王が王妃を抱き留めたが、くたりと伸ばされた王妃の腕は、先ほどまでの王と同じどす黒く変色していた。

「……ルピア？」

何が起こっているのか分からない様子の王は、王妃の名前を呼んだが、今度は王妃が一刻の猶予もない状態に陥っていることは、周りにいる者全員にとって明らかだった。

「フェ、フェリクス王！　王妃陛下が王の毒を吸い出して身に受けられ、混沌されました!!」

ギルベルトは彼自身が目にし、信じたことを口にしたのだろうが、それが事実でないことは分かっていた。

王の全身が変色するほど、毒は体中に回っていたのだ。とても吸い出せるようなものではない。

それに、見たこともない光の円陣と、一瞬にして場を満たした圧倒的な力。

あれは、私の知らない新たな力が働いたことを意味しており、それは間違いなく王妃が生み出したものだった。

――何事にも、対価を必要としないものなどない。

死を待つしかなかった王を救うほどの圧倒的な力があるとしたら、その力を使うとしたら、その対価はいかほどのものだろう。

想像もできないことだが、王妃はその対価を彼女自身の体で支払われたのだ。

あの小さく、細く、次代の王をその身に宿した体で。

ギルベルトの言葉を聞いた王は、王妃を抱いたまま素早く立ち上がると場所を移すと言い渡した。

そして、そんな時間があるのかと心配する家臣たちの言葉を聞くことなく、宮廷侍医を連れてその部屋を後にしたのだった。

その後の数日間の混乱は、酷いものだった。

王は完全に回復した様子だったが、王を襲った者たちへの追及も、中断された収穫祭の後始末も、元々詰め込まれていた多くの行事も、何一つ指示することなく、ただ王妃の寝室に籠っていたからだ。

そして、私は何の役に立つわけでもなかったが、その場から離れることができずに、うろうろと王妃の寝室近くの庭をうろつき回っていた。

多くの場合、王妃の寝室の窓が開いていたので、侍女たちの切迫した声が昼に夜にと響いてくる。

「王妃陛下！　王妃陛下、お気を確かに!!」

「ああ、未だに血が固まっています！　吐血時に喉に詰まらせないように……王、そのようなことは私どもが致します!!」

それらの大声に交じって、時々、苦しそうな王妃の声が聞こえることがあり、苦しんでいることに胸が痛みながらも、生きていてくれることに感謝する。

そんな日々を過ごしていたある日、用事があって、王妃の寝室近くの廊下を通ることがあった。

その際に、侍女たちが慌ただしい様子で、どす黒く染まった大量の布を運んでいる様子が目に入り、体が竦《すく》んで動けなくなる。

同種の蜘蛛に噛まれて絶命した騎士を幾人も見てきたが、その者たちが吐血した量よりもはるかに多い出血量であることが、一目で見て取れたからだ。

——通常であれば、2時間も保《も》たずに命を失う猛毒だ。

それほどに強い毒を、これほど何日も何日も体に入れたままでいるのは、どれほどの苦しみだろう。

誰であれ、息が詰まって呼吸ができなくなる。

それから、刺すような痛みに全身を苛《さいな》まれる。

それら全ての苦しみを、あの小さくて、細くて、身重の王妃が一人で受け止めておられるのだ。

目を見開き、歯を食いしばって侍女たちの後ろ姿を見送っていると、目の端でふらりと人影が揺れ、一人の男性が私にぶつかってきた。

何者だと確認すると、相手は宰相であるギルベルト・クラッセンだった。

「あ、す、すまない！　私は……」

何事かを言いかけたギルベルトだったが、ぶつかった相手が誰であるのかに遅まきながら気付いたようで、私の顔を見上げると真っ青な顔でよろめいた。

「ビ、ビアージョ総長でしたか。私は……」

ギルベルトは必死で何かを言おうとしていたが、あまりにも顔色が悪いため、少し離れたところにある客室の一つに彼を押し込む。

「顔色が悪い。少し休んでいくがよかろう」

そう言って、寝台に横になるよう促したが、ギルベルトは真っ青な顔で立ち尽くしていた。

「ビ、ビアージョ総長、私は大変なことをしてしまいました。王が……王に王妃陛下の秘密を告白されていたのに、信じることもせず、必要な者と情報共有することもしなかったのです」

突然、思ってもみないことを言い出したギルベルトを見て、混乱しているのかと彼の顔色を窺う。

「王妃陛下の秘密？」

尋ねるように繰り返すと、ギルベルトは縋るように私を見つめてきた。

「そうです。王妃陛下は魔女の末裔で、王が瀕死の重傷を負ったり、不治の病にかかったりした場合、王妃陛下がそれをご自分の体に移して治癒できるのだと……」

「くっ!!」

そこまで聞いた私は、喉の奥で呻《うめ》くような声を上げた。

たったそれだけの説明で、一連の出来事を理解することができたからだ。

ギルベルトが口にしたのは、通常であれば信じることが難しい荒唐無稽な話だ。

だが、今の私にとっては、その話を信じるなという方が難しかった。

死にかけていた王が生き返った奇跡。

同時に、猛毒に冒された王妃。

見たこともない光の円陣と、場を満たした圧倒的な力。

――ああ、真実王妃は魔女の末裔で、その力で王をお救いくださったのだ。

茫然《ぼうぜん》としている私に対し、ギルベルトは真っ青な顔のまま言葉を続ける。

「い、今の話はビアージョ総長の胸の内に留め置いてください。王妃陛下が倒れて以降、私はまだ王と会えていないので、この話を共有したのは私の独断です。そのことで処罰されるかもしれませんが、……それでも、私とあなたは速やかに知っておくべき情報です。王のもとを通らない何らかの事案が発生した場合、王妃陛下を正しく取り扱うために」

ギルベルトの言う通りだ。

王のもとを通らない重要案件であっても、私か彼のもとは必ず通るのだから。

「その通りだ。共有された秘密を基に、王妃陛下に関する全ての件について正しく対応すること、及びこの秘密を他に漏らさないことを誓う」

私の言葉を聞いたギルベルトは安堵したように小さく頷いたものの、すぐに元の悲壮な表情に戻ると、顔色を悪くしたまま、ふらふらと部屋を出て行った。

そして、そんなギルベルトの背中を見送りながら、私も彼同様に倒れ込みそうなほどの気分の悪さを覚えていた。

ギルベルトの話を聞いて受けた衝撃が大きすぎたためだ。

その日、王妃が倒れてから初めて、私は王妃の側を離れた。

頭を冷やして、もう一度全てのことを冷静に考えたいと思ったことは事実だが、自分のしでかした失敗が大き過ぎて、合わせる顔がなかったからだ。

私は騎士団総長室に籠ると、頭を抱える。

——不敬にも、私は王妃に何と言っただろうか。

先日、王妃に対して口にした酷い言葉が蘇ってくる。

『ここ数日、「虹の乙女」が王宮に滞在されていると伺っています。だからこそ、王や王妃を含めた皆様方が、平和に過ごすことができているのだと。このまま、「虹の乙女」に王宮に滞在していただき、誰もが安全に暮らされる日々が続くことを、愚臣としてお望みいたします』

——ルピア様は王妃だ。

一臣下である私が口を差し挟める相手でないことは十全に理解していたはずなのに、私は分を超えて言葉を差し挟んだのだ。

あのお優しい王妃が、どれほど心を痛めるかを知っていながら。

「私はあの方の優しさに付け込んだのだ……」

優しい者は、同じように優しさを返されるべきだ。

にもかかわらず、私は優しい王妃であれば、私の言葉を聞き入れてくれるかもしれないと考え、分不相応な進言をしたのだ。

――体の弱い王妃が戸外に出て、王のために刺繍をしている姿を何度も目にしていた。

――王のかつての料理人を雇い入れ、王が好きだった料理を学んでいたことを聞いていた。

――王妃が王を見つめる眼差しを間近で見て、どれほど王のことを想っているかを知っていた。

だというのに、私は王妃に側妃を認めるようにと進言したのだ。

私の言葉を聞いた途端、王妃は浮かべていた穏やかな表情を消し去り、真っ青になった。

『……総長の気持ちは理解したわ。でも、……私にはまだ、何がフェリクス様のためになるのか分からないの。それは、私がこの国の生まれではなく、「虹の女神」の重要性を理解できていないからかもしれないけれど。……もう少し、時間をちょうだい』

――畏れ多いことに、以前から、王妃が私を見て嬉しそうに微笑まれることに気付いていた。

全てを捨てて我が国に嫁いで来られた王妃が、父性に近いものを私に感じてくださっていることも。

その気持ちが嬉しく、王を想ってくれることが嬉しく、私もずっと王妃を尊重していたはずなのに、その私が手のひらを返し、側妃をお勧めしたのだ。

そのため、あのお優しい王妃は、私ごときの言葉に傷付かれ、表情を失われた。

……私は他に、何を言ったか。

『いいえ、ルピア妃。最もお守りすべき陛下を、私は危険な目に遭わせてしまいました。役割を果たしたとは言い難く、自分を恥じ入るばかりでございます。ですが、そんな私に代わって、「虹の女神」が陛下をお助けくださいました。女神には感謝しかありません』

愚かな発言だ。

陛下をお救いしたのは、王妃だったというのに。

――戦場にいた際、王妃から王に定期的に手紙が届いていた。

しかし、王が怪我をして崖から落ちた日を境に、その手紙が届かなくなった。

今になって考えれば、王の身代わりになり混沌状態に陥ったため、手紙を書くことができなかったのだろう。

それなのに、私はそんな王妃に対して、女神のおかげだと断言したのだ。

王妃は一言も反論しなかった。

彼女自身の功績を、女神の功績だと誤って発言した私を咎めることもなかった。

私はそんな王妃の優しさを一切理解することなく、私の発言の正しさゆえに沈黙しているのだと誤解したのだ。

思い返してみても、私の行為の全ては愚行でしかない。

王を守るべきは、騎士である私の仕事だ。

私がやるべき仕事を、私は女神の力に頼ろうとしたのだ。己を恥じるしかない。

――剣で切られるのは痛い。そして、苦しい。

それなのに、王妃は深々と王に突き立てられた剣の傷を、あの小さな体に引き受けられたのだ。

どれほど痛くて、苦しかったことか、想像に難くない。

それなのにそのことを一言も口にすることなく、私の誤った言葉を受け止め、また一つ傷付かれたのだ。


考えるほどに、後悔することばかりだ。

私はなぜ、テオの言葉を一度も検証しなかったのだろう。

王妃が王の怪我を引き受けたのであれば、テオが見たという女神の話は虚偽だ。

それなのに、私は何の根拠もないテオの言葉を無条件に信じたのだ。

――私は立ち上がると、隣の部屋で控えていた副官に、バルテレミー子爵家の兄妹を密かに見張るよう指示を出した。

こうなった以上、遅かれ早かれ王はテオの虚言に気付き、自ら手を下そうとされるだろう。

そうであれば、不穏な雰囲気に感付いた2人が逃げ出すことがないよう、厳重に見張っておかなければならない。

❀ ❀ ❀

私は執務室で再び頭を抱え込んだ。

時間が経過するにつれて、多くのものが見えるようになってきたからだ。

――私は幼い王を救えなかった。

王は幼い頃、両親から手酷い扱いを受けており、悲しみを吐き出すために、城の裏手で一人静かに涙を流していたが、その姿を見守ることしか私にはできなかった。

代わりに、虹が王を救ってくれたのだと思っていたが、そうではなく王妃だったのだ。

――「虹の女神祭」で、空一面に大きな虹がかかった場面を思い出す。

私もあの場に同行していたが、虹がかかる直前に王妃は理解できない言葉をつぶやき、その後、力尽きたように倒れられたのだ。

その場面を見た際、このタイミングで虹がかかるとは、王は何と女神に寵愛されているのだろうと感銘を受け、王妃の病弱さを心配したものだったが、どちらも見当違いな感情だった。

――私は2年前の戦場にて、敵兵の剣に刺されて崖から落ちながら、傷一つない姿で戻られた王に告げた言葉を思い返す。

『陛下、恐れながら、全ての物事には対価が必要だと、私は考えています。たとえ奇跡であったとしてもです。女神が陛下に常ならざる恩寵をお与えくださったのであれば、それ以上のものを女神にお返ししなければなりません』

そう、全ての物事には対価が必要なのだ。

たとえば上空に虹をかけるためには、体中の力を使い果たし、１週間もの間、寝込み続けるような対価が。

人によっては、虹は観賞するための現象に過ぎない、と言うだろう。

しかし、フェリクス王にとっては、彼の人生を変えた「救い」だった。

そして、そのことを誰よりも理解していた王妃は、王のために虹をかけ続けてくれたのだ。

……あの方以外の誰が考えるだろう。

何日も寝込んでまで、空に虹をかけようなどと。

ただ少しだけ喜んでもらえるかもしれない、との気持ちで、ろくに話をしたこともない相手のために、自らの身を犠牲にしてまで虹をかけようと、誰が考えるだろう。

だが、それを王妃はやられたのだ。何度も、何度も。

そして、その優しさが継続されたことで、王は多くの者から認められ、体が成長し始め、髪が３色に変化したのだ。

だからこそ、王は彼だけの聖域を捨てることができ、色々な場所に出て行き、多くの者の前で胸を張れるようになったのだ。

フェリクス王を救ったのは王妃だ。彼を王にしたのも。

「……そうだ、思い返してみれば、フェリクス王の戴冠式の日にも、王宮上空に虹がかかっていたな。新たな王の門出を女神が祝福してくださっていると、国民が興奮していた」

その後、王妃の使いが来て、『ルピア様は体調を崩されたので、1週間ほど面会できません』と知らせてきたのだった。

今思えば、あれらも全て、王妃の御力だったのだ。

なのに、私は我が身を犠牲にして、ただ一心に王のためにと真心を尽くしてくれた王妃に側妃を勧め――暗にルピア妃では不十分だと告げたのだ。

聡い王妃のことだ。私がご懐妊について一言も触れなかったことから、王妃のお腹の子は王の子ではないと考えたことを、見抜かれたに違いない。

そのことで、至尊の王妃は傷付かれただろう。

「ああ、申し訳ありません！　私はこの素晴らしい慶事に対して、何よりも早くお祝いを述べるべきだったのに!!」

そして、奇跡に感謝すべきだったのに。

仕組みは不明だが、戦場にて王の傷を引き受けられた王妃は、今回のように眠って過ごされたのだろう――既に腹に入っていたお子様ごと。

私が王を守れなかったばかりに、私は王妃と次代の王を危険に晒したのだ。

なのに、王妃はそんな不甲斐ない私に代わり、立派にお子様を守ってくださった。

そんな立派で、ただ一途に王を想ってくださっていた王妃に対して、私は別の女性を勧めたのだ。

大国の王女でありながら、我が国で最も尊い女性でありながら、傷付けられても声すら上げない方に、私は言ってはならないことを言ったのだ。

「……万死に値するな」

それは、誰もが導き出す間違いようのない結論だった。

私が無礼で、無作法で、臣下の分を超えたことは誰だって分かる。

だというのに、王妃は一度も私を咎めることなく、それどころか、不甲斐ない私に代わってもう一度、王の身代わりになられたのだ。

一度目の痛みを知っている分、二度目の身代わりになる際には多くの恐怖を伴っただろうに、王妃はこれっぽっちも躊躇わず、それどころか、慈愛に満ちた表情を浮かべていた。

恐らく、ただ王の苦しみを取り除くことだけを考え、ご自分が受ける苦しみのことは考えてもいなかったに違いない。

――我が国の王妃は、そのような方だった。

私はずっと、自分は騎士として正しい道を歩んでいると思っていた。

しかし、実際には、一片の汚れも狡さもなく、身を守ることすら知らない王妃陛下を――私が守るべき主君を深く傷付けた。

王の命を二度も救い、自らの命を危険に晒しながら、苦しみながら、さらに次代の王を守り続けている至宝そのものの王妃を。

後悔しても、後悔しても、取り返しがつかない。

結果、王妃は眠り続け――私たちは善良で、美しく、優しい私たちの王妃を、日一日と失い続けているのだ。

【SIDE 国王フェリクス】

私の眠り姫

「ルピア、気持ちのいい朝だね」

一輪の朝摘みの花を載せたトレーを手に、何度繰り返したか分からない同じ言葉を、私は美しい妻にかけた。

寝台に横たわる彼女の顔色はよく、頬はバラ色に染まっていて、眠っているようにしか見えない。

――実際に、彼女は眠っているのだ。この5年もの間ずっと。

深い、深いまどろみの中で……私の声が聞こえない、私が存在しない世界で、穏やかに眠っているのだ。

私は彼女の髪を一房手に取ると唇に押し当て、至近距離から見つめた。

「長い間、君の瞳を見ていないから、その美しい色を忘れてしまいそうになるよ。思い出すために、君の瞳と同色のシーアの花を再び摘んで来たいとも思ったが、レストレア山脈に登るのは幾ばくかの危険を伴う行為でね。……昔の私なら、思い立った気持ちのまま簡単に登っただろうが、今は少しでも危険に近付くのが怖いのだ。もし私に何かあって、君を一人遺してしまったらと考えるとね」

私は妻の枕元に置いた椅子に座ると、彼女の手を取って額に当てた。

「私は弱くなった……いや、すまない。こんな話はつまらないね」

情けない言葉が零れ始めたところで、ミレナが部屋に入ってきた。

ルピアの着替えの時間だ。

私は続き扉から自分の部屋に戻ると、ルピアの着替えが終わるまで、自室の窓から外を眺めていた。

――毎日の着替えは、私が望んだことだった。

身代わりで受けた毒が全て抜け、息苦しそうだった呼吸が穏やかなものに変わっても眠り続けるルピアに、一日一日の区切りを理解してほしいと希望したのだ。

そのため、ミレナが毎朝彼女を着替えさせてくれる。

とはいっても、眠り続ける彼女の負担にならないようにと、彼女が身に着けるのは、ゆったりとした飾りがほとんどないドレスばかりだった。

タイミングを見計らってルピアの寝室に戻ると、私は着替え終わった彼女の体に厚手の美しい布を巻き付け、両腕で抱き上げた。

ミレナが布を調整してくれ、ルピアの顔が見えないようにしてくれる。

私は彼女を抱えたまま、執務塔に向かった。後ろからはミレナが少し離れて付いてくる。

私に気付いた者たちは即座に腰を折って頭を下げるので、ルピアの顔を見られることはないだろう。

しかしながら、万が一にも彼女の寝顔を見られたくはなかったため、移動する際には必ず厚手の布を彼女に巻き付けるようにしていた。

執務室に入ると、一番日当たりのいい窓際に設えた寝台の上に彼女を横たえる。

同時に、ルピアが横たわる寝台と執務スペースを区切るためのカーテンをミレナが引いた。

私は彼女の顔を見つめ、頭を撫でてから、ルピアに声を掛ける。

「ルピア、私は隣で仕事をしてくるからね。何かあったらミレナに言うのだよ。もちろん、私を呼んでくれてもいいからね」

ルピアは静かに眠り続けていたので、カーテンの内側に彼女とミレナを残すと、私は執務机に向かった。

――最近の私は、ルピアから少しでも目を離したら、彼女がどうにかなってしまうような恐怖に襲われ、四六時中側にいないと落ち着かない気分を味わっていた。

自分でもどうかしていると思うのだが、ふとした時に彼女のことが気になるのだ。

そのため、毎日、午前中の間はルピアを執務室に連れてきていた。

ギルベルト以外の者は、ルピアは体調が悪くて臥せているようで、時々ルピアが口にする寝言を自発的な発言と見做し、よもや彼女が眠り続けているとは考えてもいないようだった。ルピアが魔女であることは限られた者の間の秘密のため、私が彼らの誤解を訂正することはなく、それどころか、まるで彼女が起きているかのように話しかけ、取り扱ったため、皆の思い込みに拍車をかけた。

私が執務机につくと同時に、文官たちが書類を手に近寄ってくる。

最近気付いたが、誰もが午前中のうちに私の裁可を仰ごうとするのだ。

理由は明白で、ルピアに荒らげた声を聞かせたくないため、彼女が同じ空間にいる午前中の私は、決して怒ることがなかったからだ。

……さすが、私が手元に置いている者だけあって、全員が優秀だな。完璧に私の足元を見ているぞ。

そう考えながらも、同じ空間にルピアがいるだけで優しくなれるのだから、彼女はすごいなと感心する。

きっと、優しさは伝播《でんぱ》するのだろう。

昼になったので、私は仕事を中断し、再び彼女を抱え上げると執務室を後にした。

天気が良かったので、途中で庭を回り、花壇に咲いている花の種類をルピアに伝える。

「パンジーにスイートピー、アネモネが咲いているよ。紫の花を集めたが、紫にも様々な色があってね。君の瞳の色のものはなかなか見つからないのだよ」

偶然だろうが、私の発言と同時にルピアの腕が動き、私の胸元部分のシャツを軽く摑む。

そのため、私は怒られているような気持ちになって……ルピアと会話が成り立っているようで、泣きたい気分になった。

「ルピア……実際の君は、こんなことくらいで怒ったり、拗ねたりはしないだろうね。だが、君の瞳色の花を集められないのだから、喜びはしないだろう。……いや、もしかしたら喜ぶのか？　君の瞳色の花を集めようとしたから」

普通の者であればあり得ない心の動きだが、ルピアであればあり得そうな気もしてくる。

「……君の優しさは、私の想像を超えているから、君の心の動きがよく分からないな。だから、結婚して8年も経つのに、まだ君のことがよく分かっていない愚かな夫に教えてくれないかな。その目を開けて、私を詰ってくれないかな。ルピア、……君の声が聞きたいんだ」

そう言うと、私は彼女の首元に顔を埋《うず》めた。

「私が生きていて、君も生きていてくれるのだから、贅沢を言っている自覚はあるが、……君が眠り続けていることが寂しいのだ」

しばらくそうしていたが、冷たい風が吹いてきたため、はっとして体を起こす。

それから、ルピアに風が当たらないようにと、慌てて王宮の中に入った。

その後、私はルピアを彼女の寝室に戻すと、丁寧な手付きで彼女を寝台の上に横たえた。

その際、彼女の全身が冷えないよう、きっちりとブランケットで包み込む。

それから、少しだけ彼女の寝顔を見つめた後、私は彼女に声を掛け、再び執務室に戻ったのだった。


そして、夜になると、私は再びルピアの寝室を訪れた。

すぐさま彼女の様子を確認すると、穏やかに眠っていたため、その眠りを妨げないように少し離れた場所の灯りを一つだけ点《つ》け、持ち込んだ書類に目を通す。

2時間ほどの後、全ての書類を確認し終わった私は、もう一度ルピアの枕元に近付いた。

手を伸ばし、ゆっくりと彼女の柔らかい髪を撫でる。

「ルピア、昼は泣き言を言って悪かった。君が眠ると決めたのならば、私は待たなければいけないのに、どうにも我慢が不足しているようだ」

彼女はすやすやと眠っていたので、私の声が聞こえているとは思わなかったが、構わずに話し続ける。

「……そういえば、眠り続ける姫君を口付けで目覚めさせる童話があったな。だが、私は王子ではなく王だから、効果はないのかもしれないな」

それに、童話だから許されるが、眠っている女性に勝手に口付ける行為はいかがなものだろう。

「いや、違うな。私がそれを許される関係性を、君との間に作れていなかったということだな」

私はそう反省すると、寝台の近くにある長椅子に横になった。

顔を横に向けると、こちらを向いているルピアの寝顔が見える。

「ルピア、おやすみ。明日、君が目が覚めたならば、伝えたいことがあるんだ」

私はお決まりになったセリフを口にすると目を閉じた。


――もちろん、彼女がこの後5年もの間、眠り続けることなど、私は知りもしなかったから。

そのため、この頃の私は、毎晩、毎晩、明日こそはルピアが目覚めるのではないか、と希望を抱きながら眠りにつくことが習慣になっていた。

だからこそ、この日の夜も、明日には彼女が目覚めますようにと心の中で祈りを捧げ、希望を抱きながら目を瞑ったのだった。

【SIDE国王フェリクス】ルピアと巡るディアブロ王国

私は彼女を抱え上げたまま馬車から降りると、腕の中の妻に向かってそう話しかけた。

「ルピア、着いたよ。君を育んでくれたディアブロ王国だ」

――ルピアが眠り始めてから、7年もの年月が経過した。

ここ数年の間、彼女の顔色はよく、表情も穏やかで、ルピアの体調について心配することは一切なくなったが、一方で、彼女はどうしようもないほど細くなってしまった。

時を止めて眠り続けているせいなのか、ルピアは一切食事を摂ることがない。

しかしながら、そのような生活は人の営みとして不自然なため、元から細かった彼女の体は、この7年の間にさらに細くなり、恐ろしいほど軽くなったのだ。

そんな彼女を心配して、初めのうちは風にも当てぬようにして寝室に閉じ込めていたが……このままの生活をしていれば、5年後も、10年後もルピアは眠り続けているのではないか、との恐怖に襲われた。

変わらない、穏やかな毎日を繰り返すことで、ルピアは長い時間が経過したことに気付きもしないのではないかと思われたからだ。

そのため、眠り始めて5年が経過した頃から、ルピアが1日の区切りを感じ取れるような生活を送れるよう、毎日を変化させた。

具体的には、彼女を毎朝着替えさせ、寝室から出し、天気がいい日には一緒に庭の花を見て回る。

そして、7年が経過した今日、私はルピアとともに彼女の母国を訪れていた。

ルピアが生きているこの世界は美しく、目を開けば楽しい生活が待っていることを分かってほしいとの気持ちから、彼女にとって大切な場所を訪れることにしたのだ。

肌で感じる風が、風に乗って運ばれてくる香りが、馴染み深い大好きなものだと驚いて目を開けてはくれないだろうか。

耳に響く懐かしい声を聞いて、楽しくなって目を開いてくれないだろうか。

そう期待しながら訪問した、ディアブロ王国の王宮だったが……。

スターリング王国から連れてきた騎士や文官たちを建物前に待機させると、私はルピアを抱きかかえてディアブロ王国王宮に足を踏み入れた。

しかし、何歩も進まないうちに、ホールを塞ぐようにして半ダースほどの見目麗しい男性が、ずらりと並んでいることに気が付いた。

何事かと思ったが、一番端に立つ男性が見知った者だったため、私に対する嫌がらせであることを即座に理解する。

彼らが何者であるのかは不明だが、嫌がらせの一環として、私を出迎えにきたことは明白だったため、彼らに向かって口を開いた。

「スターリング王国国王のフェリクスだ。妃とともに貴国を訪問しにきた。国王にお会いしたい」

しばらくの静寂の後、男性陣の端に立っていたアスター公爵イザークがしかつめらしく返答した。

「うむ、ようこそ、フェリクス王、ルピア妃。フェリクス王一人だったら叩き出せと命じられていたが、我がディアブロ王国の掌中の珠であるルピアと一緒であれば、受け入れるしかないだろうな。この国の全員が君に対して業腹だが、よくぞそんな敵中にのこのこと現れたものだと感心しているよ。どうやら君は非常に鈍感らしい」

彼は7年前にスターリング王国を訪れて以来、毎年のように我が国を訪問しており、その際には1週間ほど私の宮に滞在していた。

私とともに過ごす時間が増えたことで、態度が軟化したように感じていたが、久しぶりに会ってみるとその毒舌ぶりは健在だなと思う。

あるいは、彼の周りにいる同胞の手前、彼が私に優しく接することで、同胞たちにさらなる反発と悪感情を呼び込むことを心配して、敢《あ》えて厳しい言葉を掛けてくれているのかもしれない。

……後者だろうな。結局のところ、イザークは面倒見が良くて優しいのだから。

「結婚して以降、私がルピアを独占したことについては、申し訳なく思っている。遅くなったが、彼女を里帰りさせようと考えて貴国を訪問した」

私の言葉を聞いたイザークは、不満な気持ちを表すかのように片方の眉を上げた。

「君は縄張り意識が強いな。忘れているようだが、君が戦場にいた2年間は、ルピアをこちらで預かっていたのだ。結婚後、君ばかりが独占していたわけでもないさ」

実際には、ルピアは2年もの間、聖獣の城で眠っていたのだが、そのことは限られた者だけの秘密のため、外向けにはディアブロ王国王宮の奥深くで静かに生活をしていたことになっていた。

「……そうだったな。その時のお礼も、直《じか》には申し上げていない。私はあらゆるところに礼を欠いてばかりだ」

思わずそう口にすると、イザークはおかしそうに隣に立つ男性に目配せをした。

「な、言った通り、フェリクス王は変わっているだろう？　一国の王だというのに、人前で自分を下げる発言をするなんて、およそ王らしくない」

話を振られた長髪の優男は、顔を歪めると不満気な声を出す。

「……ルピア様のお好みがこのような男性だったとしたら、私が選ばれなかったのも当然ですね」

「本当に、もう少し弱さを前面に押し出すべきだったのだな」

その場にいる5人の男性が、次々に不穏な発言をする姿を見て、尋ねるようにイザークを見ると、彼は悪戯《いたずら》っぽい表情を浮かべた。

「ご推察の通り、ここにいるのはルピアの婚約者候補だった者たちだ。全員が高位貴族で、人格的にも全く問題がなかったのに、突然現れた派手な髪色をした外国の色男にかっさらわれてしまったんだよ。あの子が結婚してから10年経った今でも、君が選ばれたことに納得いかないと皆が嘆くので、直に確認する機会を与えようと思ってね」

そう言うと、イザークは5人ににこやかに向き直った。

「よし、もういいだろう。我らが姫君は疲労で眠っているので、これ以上騒ぎ立てるものではない。フェリクス王をさらに深く知りたいのならば、無礼講の歓迎の宴《うたげ》でも開こう。ただし、ルピアは付いてこないぞ。短い滞在だから、王たちが独占されるだろうからな」

5人の麗しい貴族たちは、「なぜ私たちはルピア様ではなく、彼女の夫と飲まなければならないのだ」という表情を浮かべたが、優雅に一礼をすると、執務塔らしき方向へ歩いて行った。

高位貴族と説明されたことだし、全員が要職に就いているのだろう。

私とルピア、イザークの3人だけになった途端、彼はおかしそうな笑みを浮かべた。

「あの5人はルピアが魔女であることを知らない。つまり、それだけの関係だから、心配することはない。ただ、一方的にルピアに懸想していただけだ。そして、君たちが7年前にごたごたしていた際の噂を聞き及んでいて、君は彼女に相応しくないと考えているのさ」

十分心配になる内容だったため、無意識のうちに表情が険しくなっていると、イザークが呆れたように見つめてきた。

「おいおい、まだ王宮の入り口に足を踏み入れただけだぞ。君は自ら敵の巣窟に入り込んできたんだから、もっと気合を入れて覚悟しておかないと。ギタギタのバラバラにされるのはこれからだからな。最初からそんなんじゃ、最後まで身が持たないぞ」

分かっている。この国の誰もが、ルピアを正しく扱わなかった私に対して腹立たしさを感じていることは。

正直に言って、私も私自身を罰したい気持ちでいるから、バラバラにされるのだとしたら丁度いい機会かもしれない。

私はそう考えながら、イザークの後に続いたのだった。

* * *

彼に案内されたのは、玉座の間ではなく応接室だった。

少し前を歩くイザークが小声で囁く。

「我が国の王宮には、王が使用する応接室が三つある。そのうちの『赤の応接室』は、気に食わない相手を招待する場合にのみ使われる」

当然のように、通された部屋の床と壁紙、カーテンは赤い色をしていた。

聞くまでもなく、この部屋が『赤の応接室』なのだろうな、と考えながら部屋の中に入っていくと、そこには大勢の者が揃っていた。

ソファに座っているのは国王夫妻、王太子、ルピアの姉らしき4名の女性だ。

そして、その後ろには、騎士と侍女たちが合わせて1ダースほどずらりと直立していた。

彼らの全員が、親の仇《かたき》を見るような目で私を睨み付けている。

そのあまりの迫力に、部屋の入り口で足が止まったが、すかさずイザークが小声で囁いた。

「君の推測通り、ここにいるのは全員、ルピアが魔女だと知っている者たちばかりだ。騎士と侍女はルピアの秘密を共有しているほどに有能で、信頼が厚い者たちだ。王家に忠誠を誓っているから、ルピアをないがしろにした君への当たりは強いぞ。それから、言うまでもないことだが、彼女を溺愛している家族だ。ふふふ、フェリクス王、覚悟するがいい」

イザークに言われるまでもなく、私は覚悟を決めて足を踏み出すと、彼女の家族の前まで一歩一歩近付いて行った。

それから、ルピアを腕に抱えたまま彼女の家族に向き直ると頭を下げる。

「ご挨拶が遅くなりました。スターリング王国国王のフェリクスです。このたびは、貴国への訪問を許可いただき感謝いたします」

私の決死の挨拶は、しんとした沈黙に迎え入れられた。

全員が口を噤んだまま、私を睨み付けるように凝視してくる。

観察されているのだなと感じたため、口を開くことなくその時間を耐えていると、しばらくしてルピアの父であるバイロン国王が口を開いた。

「私は君でなく、娘を迎え入れたんだよ！　ルピアが眠りっぱなしで、一人で歩いて来られないのだから、娘の移動を補助する者をついでに迎え入れただけだ」

ルピアが眠り続けているのは私の責任だ。

そのことを責められていると感じたため、深く頭を下げる。

「私の不徳の致すところです」

バイロン王は苦虫を噛み潰したような表情を浮かべたが、気を取り直すように咳払いをすると、急《せ》いた様子でルピアを見つめた。

「早く私に娘を見せてくれないかな！」

「失礼しました」

私はルピアの両親が座るソファの前の床に膝を突くと、抱えているルピアを2人の前に差し出した。

「ルピア！」

「……ルピア」

国王夫妻が彼女の名前を呼ぶと同時に、彼らの背後から別のソファに座っていたルピアの兄姉たちが立ち上がり、必死にルピアを覗き込んでくる。

「ルピア！　ああ、この子ったら、眠っていても何て可愛らしいのかしら！　頬が薔薇《ばら》色だし、瞼《まぶた》が透き通るように白いわ」

「でも、細すぎるわよ。顔も、首も、手首も、全てがこんなに細くなってしまって」

「ルピア……ルピア」

誰もがルピアのことを愛しく想い、彼女に会えたことを喜んでいることが見て取れた。

そのため、私はもっと早くにこの国を訪れるべきだったと反省する。

ルピアに視線を移すと、彼女はうっすらと微笑んでいるように見えた。

彼女の家族の声が届いたのかもしれない。

「ルピア、……ディアブロ王国だよ。君の家族は全員揃っているから、目を開けてみないか？ 君の家族は以前と変わっているかもしれないし、全く変わっていないかもしれない。そのことを確認して、どちらだったのか答えを教えてくれないか」

しかし、しばらく待ってもルピアが目を開けることはなかった。

そのため、少しばかりの失望を覚えながら目を上げると、なぜだかルピアの家族全員から凝視されていた。

「……何か、問題でもありましたか？」

凝視される理由が分からなかったために質問すると、互いに何かを押し付け合うかのような沈黙の後、押し付けられた様子のバイロン王が口を開いた。

「君はルピアと不仲だったと聞いていた。それなのになぜ、娘に向かってそんな優しい声を出すのだ！」

ルドガー王太子がすかさず後を引き取る。

「不仲だからこそ、君はルピアを我が国に引き渡しに来たのだと聞いている。いや、今さらそのことを非難するつもりはない。私たちはルピアを引き取る用意があるから、さっさと妹を返してくれ」

思いもかけない言葉を聞いた私は、驚愕して目を見開いた。

しかし、目の前にいるルピアの家族も使用人たちも、誰もが真顔で私を見返してきたため、彼らは自分たちの発言を心から信じていることに気付く。

私は慌てて口を開くと、誤解のないようはっきりと反論した。

「ルピアをお返しするつもりは一切ありません。彼女は私の妃です。彼女を娶った際に、病める時も、いついかなる時も、彼女を慈しみ、面倒を見る権利を得ました」

「だが、君はその権利を投げ出したじゃないか！」

思わずといった様子で荒らげた声を上げたバイロン王をまっすぐ見上げると、私はきっぱりと否定する。

「私は一度たりとも、ルピアの夫であることを止めようと思ったことはありませんし、夫である権利を放棄すると仄《ほの》めかしたことすらありません」

しかしながら、自分の発言により過去の失態を思い出したため、自然と後悔に顔が歪んだ。

「……あなた方が言われていることが、私が愚かな誤解をして、ルピアを傷付けたことであれば、それは事実です。その際、私はお門違いにも傷付けられた気持ちになっていましたが、それでも彼女の夫であることを止めようとは思いませんでした」

ルピアに罪があると誤解していた時ですら、彼女のことが愛しくて、とても手放せないと考えていたのだ。

ルピアが私を救ってくれ、彼女がどれほどひたむきに、私のために全てを投げ出してくれたかを知った今では、とても手放せるはずがなかった。

もはや私の心臓は彼女に握られていて、ルピアがいなければ息をすることもできないのだから。

私はルピアを抱いたまま立ち上がると、近くにあった空いた長椅子の上に彼女を横たえた。

一時的であったとしても、ルピアの家族に彼女を預けたならば、もう返してはもらえないような気持ちになったため、彼女の父や兄の腕の中に預けることができなかったためだ。

私はもう一度、ルピアの両親の前に膝を突くと、両手を絨毯《じゅうたん》の上につき、深く頭を下げた。

「ルピアを私の妃としてお与えいただいたことについて、心から感謝します。私は常識に囚われ過ぎており、彼女本人の口から説明されたにもかかわらず、ルピアが魔女であることを信じることができませんでした。そのために彼女を傷付けたことを謝罪します」

そのままの姿勢で静止していると、バイロン王の声が降ってきた。

「……なぜ王である君が頭を下げる。この場には、ディアブロ王家の者のみでなく、騎士や侍女も揃っているのだぞ。そのような者たちの前でまで、大陸一の勇者たる君が頭を下げるのか？」

　私は床に手をついたまま顔を上げると、真顔でバイロン王を見つめた。

「私はルピアの夫としてこの場にいます。彼女を慈しんでくれた者たちに謝罪しているのです」

　王は一瞬、心を動かされたような表情を浮かべたが、隣に座るカーラ王妃がカツンと靴を鳴らした音を聞いて、はっとしたように唇を引き結んだ。

　それから、バイロン王は再び厳しい表情を浮かべると、言葉を続ける。

「君はルピアの夫であることを止めようと思ったことはないと言ったが、立場を守るための選択としては正しいな。なぜならルピアは大国ディアブロ王国の王女として、立派な後ろ盾になるからな。そのうえ、君の国には側妃制度があるのだから、望む女性がいればもう一人妃を娶ればいい話だ」

　私はぐっと奥歯を噛みしめると、バイロン王に確認する。

「私は結婚契約書の見直しをお願いしました」

「……覚えているとも。君が7年前に、結婚契約書から側妃の条項を削除するよう要望してきたことはな。そのため、ゴニア王国を叩きのめした大陸一の勇者は、もはや後ろ盾など不要なのかと考えを改めたところだった。だからこそ、側妃ではなく、新たな正妃が欲しいのだろうと。君は何らかの理由を付けて、ルピアと離縁するのだろうと思っていたさ」

　思ってもみないことを言われ、驚愕して目を見開く。

　そんな私に対して、バイロン王は面白くもなさそうに言葉を続けた。

「しかし、3年経っても、5年経っても、君は離縁を申し出てこなかった。そのため、君の代わりに毒を受けたと美談になっている妃と、すぐに離縁したのでは外聞が悪かろうから、時機を見合わせているのだと考えた。なかなかにしたたかで腹黒い、これっぽっちもルピアに合わない王だと思ったものだよ」

ルピアと離縁をすることなど一度も考えたことはないが、彼が私を評した言葉には一部納得するものがあったため、甘んじて受け入れる。

「私がルピアのように純真でないことは確かです。そして、彼女を守り、国を守るために、綺麗なままでいようとは思いません」

どこまでも純真なルピアと私が釣り合わないと言われれば、その通りだろう。

しかし、どれだけ非難されようとも、現時点で彼女に釣り合わなかったとしても、決してルピアを諦めないと決めたのだ。

先ほどの発言の繰り返しだと思いながらも、私はもう一度同じ言葉を口にした。

「私は一度たりとも、ルピアの夫であることを止めようと思ったことはありません。それから、彼女以外の妃を欲したこともありません。ルピアでなければ、私はずっと1人でいます」

静かにそう言い切ると、その場に沈黙が落ちる。

誰もが次の言葉を発せられずにいる中、カーラ王妃が扇をぱちりと鳴らした。

「フェリクス王、お立ちください。あなたが娘の夫であるのならば、私には身内の者を跪かせたまま話をする趣味はありません」

私は立ち上がるとルピアのもとに戻り、彼女を再び抱きかかえると、彼女を寝かせていた長椅子に座った。

それから、カーラ王妃に視線を合わせると、王妃は全く感情を読ませない表情で質問をしてきた。

「フェリクス王、あなたはなぜルピアが眠り続けていると思いますか？」

それは私がこの7年間ずっと考えてきた、答えが出ていない問いだった。

「私は魔女の仕組みに詳しくないため、当初は身代わりで引き受けた毒が抜けていないのかと考えていましたが……既にその期間は過ぎているように思われます。もしかしたら彼女は、自分の意思で眠っているのかもしれません」

しかし、そもそもそのようなことが可能なのだろうか？

自分の中でも結論が出ていない、答えにもならない答えを返すと、王妃は私の腕の中にいるルピアに視線を移した。

「この子は争いが嫌いですし、あなたの幸せを一番に願っていましたからね。あなたの言うとおりに、自分の意思で眠り続けているのだとしたら、眠り続けることがあなたのためになると判断したのでしょう」

「私の幸せはルピアの隣にしかありません！」

あまりに見当違いのことを言われたため、反射的に言い返す。

そんな私の本心を探るかのように、カーラ王妃はじっと私を見つめてきた。

「あなたがそんな風に考えていることは、ルピアに正しく伝わっていたのでしょうか？」

本質を突いた指摘を受け、私はぐっと唇を噛みしめる。

「……いえ」

それ以上答えることができない私に対して、カーラ王妃は澄んだ声を上げた。

「フェリクス王、私の子どもを返してください」


「……っ！」

ルピアを返せと言われた瞬間、肺の中の空気が全てなくなったかのような、耐えられないほどの息苦しさを覚えた。

衝撃を受けて体を強張らせると、無言のまま王妃を見つめる。

そんな私に対して、カーラ王妃は淡々と言葉を紡いだ。

「この子は既に7年間眠り続けています。この先もどれほどの期間を眠り続けるか、誰にも分かりません。一方、あなたは今や、誰もが知る偉大な王です。あなたの雄姿を知らない者などこの大陸には一人もおらず、誰もがあなたは秀でた王だと口を揃えることでしょう」

どくどくどくと高まる心臓の音が、耳にうるさく響く。

「そんなあなたには、未だに一人の子もいません。あなたの立場で、そのような状況がいつまでも許されるはずがありません。あなたが王として一番にやるべきことは、新たな王妃を娶り、次代の王となる継嗣を持つことです。いつ目覚めるか分からないルピアを待つことではありません」

もちろん私は、どれだけでもルピアが目覚めるのを待つに決まっている。

このまま彼女が10年眠ろうとも、20年眠ろうとも、他の妃は必要ないのだ。

先ほど、はっきりとルピア以外の妃は不要だと明言したにもかかわらず、カーラ王妃はその言葉を信じていないのだ。

「そうであれば、フェリクス王にルピアは必要ないはずです。私の子どもを返してください」

きっぱりと言い切った王妃の眼差しはまっすぐで、そこに駆け引きをする意図は一切なかった。

カーラ王妃が母として、純粋にルピアを求めていることは、誰の目にも明らかだった。

……ああ、確かにルピアの母親であれば、そして、彼女と同じ魔女であれば、情のない夫から引き離して、娘を手元に置きたいと考えるのは当然だろう。

その気持ちは理解できる。が、同意はできない。

私は腕の中のルピアをぐっと抱きしめると、必死になって言い募った。

「カーラ王妃、あなたのお怒りはもっともです。私が不甲斐なく、夫としての役割に不備があったことは明白です。しかし、どうか私に彼女をお預けください！　あなた方家族のもとにいれば、彼女は平和で心が満たされるのでしょうが、私のもとにいることで、それ以上の幸せを彼女が感じるよう努力し続けることを誓います」

カーラ王妃は表情を変えないまま、私の真意を確認するかのように見つめてきた。

ここでルピアが私の子を身籠っていると口にすれば、彼女の家族が折れざるを得ないことは分かっていた。

――一国の王の継嗣を身籠っているとしたら、ことは国の存亡にかかわる問題になるため、もはや誰も、スターリング王国からルピアを切り離すことはできなくなるからだ。

私の子を身籠った彼女は、我が国で最も貴重な存在になったのだ。

しかし、……一時でも、彼女の腹の子の父親を疑った私に、そのことを主張する権利がないことは理解していた。

そのため、私は何の根拠も示せないまま、ただルピアの幸福のために生涯尽力すると繰り返す。

「王妃、あなたは先ほど、私のことを『誰もが知る偉大な王だ』と評しましたが、それはルピアの夫として、彼女が誇れるような人物になろうと努めた結果に過ぎません。それから、私が強国の王たらんとしているのは、ルピアの貴重性を理解しているからです。もしも第三者が彼女を欲した時に、それが何者であれ、確実に相手を退ける力を得るために」

カーラ王妃は言葉を差し挟むことなく、黙って話を聞いていたので、私は理解してほしいとの気持ちからさらに言葉を重ねた。

「王妃、あなたは先ほどから魔女の立場で発言していますが、私は魔女に魅入られた者として発言します。私は孤独と不幸を知っています。それがどれほど寂しく、暗く、絶望に塗り込められた日々であるのかを身をもって体験しました。そして、その暗黒の日々から、ルピアが救い出してくれたのです。そのことを理解した以上、私が彼女に魅入られないはずがない」

――生まれた時からずっと、私は父からも、母からも、不要な者として扱われてきた。

臣下たちは私に同情しながらも、私の髪色が1色であったため、両親から手酷く当たられるのは仕方がないことだと考えており、私を慰める者は一人もいなかった。

ルピアだけだ。

私の価値を信じてくれ、ただただ全力で尽力してくれた者は。

体調を崩し、何日も寝込みながら、それでも私を救おうとしてくれた者など、彼女以外に一人もいない。

それなのに、彼女は私に全てを与えながらも、そのことを仄めかしもしなかったのだ。

愚昧なる私が、「私にとって意味のある日に必ず虹がかかるため、私は『虹の女神』に愛されており、世界に受け入れられていると感じる」と的外れなことを口にした時も、涙を流して私の言葉を肯定してくれた。

「フェリクス様は大事な存在で、だからこそ世界はあなたを愛しているわ」

そう微笑みながら喜んでくれたのだ。

――あれほどの優しさを、私は他に知らない。

あれほど献身的で、息をするように愛を与えてくれる者など他にいるはずもない。

そんな彼女の愛を私がどれほど欲しているかなど、誰にも分かるはずがない。

そして、同じだけの愛を彼女に返したくて堪《たま》らない気持ちでいることも。

「不幸であったがために、私は幸福であることに執着します。救われた喜びの大きさを知っているがために、同じように喜びを返したいと思います。あなた方が心からルピアを愛していることも、彼女のためならば何だってできることも分かっていますが、それでも、私はそれ以上に彼女を想っているし、幸福にすることを約束します」

ルピアを産み育ててくれた彼女の家族には感謝しかない。

そして、そんな彼らが大事にしているルピアを傷付けたことは、心から申し訳ないと思う。

だが、彼女を手放すことだけはどうしてもできない。

なぜなら……私は他の誰も、私以上に彼女を幸福にできるとは思っていないからだ。

「傲慢で図々しい考えだと分かっていますが、それでも、私は私の手で彼女を誰よりも幸せにしたいのです。そして、私にはそれができると考えています」

私はずっと、死ぬまで彼女の幸福のために尽力するだろう。

毎日、毎日、どうすればもっとルピアが幸せになるかを考え、彼女が少しでも微笑んでくれるようにあらゆる努力を行うはずだ。

自分でも尋常ではないと思うほどの執着だ。だからこそ、他の者が持ちえない特質に違いない。

王妃は無言で私の言葉を検討している様子だったが、しばらくすると、手に持っていた扇をぱしりと開いた。

それから、口元を隠すとため息をつく。

「我が家の小さな魔女は、自分のことを決して売り込みませんよ。私たち家族があの子を大事にし過ぎていて、あの子が何かを言う前に、ルピアの善行に気付いて褒めていたことの弊害かもしれません。もちろん、あの子自身が元々、何事も自慢したがらない性格であることも一因でしょうけれど」

王妃の仄めかしを理解した私は、安心してほしいと言葉を重ねる。

「ルピアは自らの行いをひけらかすことはありませんが、尋ねられたことに虚偽を返すこともありません。私が一つ一つ尋ねることで、ルピアの行いを確認し、正しく評価するようにいたします」

私の言葉を聞いた王妃は、真意を確認するかのように目を眇《すが》めた。

「魔女はお相手を唯一の相手として、全てを捧げるように恋をするのです。ですから、二心を抱く相手とは決して幸福になれませんわ」

「一度だって！　私はルピア以外の女性に魅かれたことも、望んだこともありません!!　そして、私の心は全て彼女に捧げたので、他の女性に分け与えられるものは何一つ残っていません」

私は腕の中のルピアに視線を落とすと、彼女の薔薇色の頬を見つめる。

どこまでも可愛らしく、どこまでも愛らしい私の妻を。

「私は女性に関して、後ろ暗いことは何一つありません。しかし、7年前にルピアに誤解を抱かせたのは、私の言葉が不足していたせいです。それ以降は、彼女にも、他の誰にも、一片の誤解も抱かせることがないよう、何事もはっきりとした態度で示してきました」

それまで黙っていたルドガー王太子が、腹立たし気に口を開いた。

「その7年前の話だがね、そもそも私たちのところまで噂が届いたことが問題じゃないか！　それがただの噂だとしても、耳にした時点で不愉快だ！　ルピアも同じ気持ちだったろう。噂になる前に、握りつぶさなかった君の失態だよ」

全くもってその通りだったので、私は無言で頭を下げた。

すると、その様子を見ていたバイロン王が、突然、雰囲気を変えるかのような明るい声を出す。

「うむ、噂と言えば、先ほどは君たちが不仲だとか、側妃を娶るのだろうとか、様々に発言したが、この7年ほどは仲睦まじいという話しか聞かないな。君が病弱な妃につきっきりで、献身的に面倒を見ているという噂が、我が国まで届いているくらいだ」

その発言は私を庇うようなものに思われたため、私は驚いてバイロン王を見つめた。

……ルピアが眠り続けていることは、限られた者の間だけの秘密のため、多くの者は私の毒を吸い込んだ彼女が、何年も体が弱った状態にあると信じている。

そのため、私が大半の時間を彼女と過ごしていることを、病弱な妃の看病をしていると噂されていることは知っていた。

しかし、バイロン王が市井の噂を聞いただけで、私の行動を認めるような発言をするはずもないから、独自で信用できる情報を入手したのだろう。

「ああ、我が国に何人か間者を派遣されているのですね。そうであれば、当然……」

ルピアが身籠っていることを知っているはずだ、……と続けようとしたが、喉が詰まったようになったため、思わず首元に片手をやった。

いつだってルピアの腹の子のことを考えると、平静ではいられないな、と考えながら。

「……報告が遅れましたが、ルピアは私の子を身籠ってくれています。彼女と同様に腹の子も眠り続けており、状態は落ち着いています。宮廷侍医の診断では問題ないだろうとのことでした」

実際には、『問題がなさそうに見えるものの、前例がないため、ルピア妃が受けた毒がどのように腹の子に作用しているのか正確には分からない』との診断を侍医は下したが、ルピアの家族を無《む》暗《やみ》に心配させる必要はないと考え、情報の一部を割愛する。

既に知っていた情報だろうに、ルピアが身籠っていると報告した途端、バイロン王やカーラ王妃を始め、彼女の兄姉たちは嬉しそうに顔をほころばせた。

……ああ、彼らはルピアの幸福を心から喜んでくれるのだ。

そのことをありがたくも、嬉しくも感じ、私は尋ねられてもいないのに心の裡を声に出す。

「ルピアは私の命を二度も救ってくれました。それ以前に、幼かった私の心を守ってくれ、だからこそ、私は王位に就くことができ、他人を信じることができるようになりました。そして、今は私の子をずっと腹に抱えてくれています。もはや私の幸福も喜びも悲しみも、全て彼女のもとにしかありません」

「やっとか、フェリクス王！　遅くはあったが、君も世界の真理に気付いたな！」

そう相槌を打つバイロン王を、カーラ王妃がじろりと睨み付けた。

対するバイロン王は、降伏を示すかのように両手を上げる。

「王妃、もう十分じゃないかな。フェリクス王の真意は分かっただろう。そもそもルピアを我が国に連れてきたこと自体が、誠意の表れじゃないか。彼を庇うつもりはないし、私だってルピアを傷付けられたことには業腹だが、魔女に魅せられた者の気持ちは分かるのだ」

王妃が不服そうに目を細めると、王は慌てた様子で言葉を続けた。

「正直に言って、私だってあなたに魅せられて以降、あなたとあなたが愛する者以外はどうだっていいのだ！　加えて、あなたの悲しそうな様子を見ると私の心臓が痛くなるし、あなたに厭われることを想像しただけで、呼吸もできないような息苦しさを覚える！」

「それが今、何の関係があるのかしら？」

バイロン王の発言の真意を分かっているだろうに、分からない様子を見せるカーラ妃は、夫の発言に不満があることを示しているのだろう。

「フェリクス王は婚姻時、わずか16だった！　そして、両親にも、臣下にも、国民にも認められなかった不遇の時代があるから、立派な王になることに専心して、その他のことに気が回らなかったというのはあり得ることだ。対して、ルピアは自分から何事も主張しないから、手間暇かけて彼女を理解しようとしない限り、なかなか真価を理解することは難しいだろう」

「つまり、あなたはフェリクス王がルピアにした仕打ちを仕方がないと思っているのね？」

カーラ王妃が確認すると、バイロン王は慌てた様子で両手を振った。

「そうではない！　だが、状況を勘案した結果、情状酌量の余地があるのではないかということだ！　いずれにせよ、ルピアは7年も眠り続けているのだ。魔女の相手として、これは筆舌に尽くし難い地獄だ。あなたが思う以上の罰を、彼は既に受けている」

「……あなたは先ほどまでフェリクス王を糾弾していたじゃないの。どうして意見を翻したのかしら」

理解できないとばかりに王妃が不満を漏らすと、王は大きく首を横に振った。

「これまでは、フェリクス王がここまでルピアに心酔していることを知らなかったからだ。私が仕入れた情報によれば、彼は自分の心情を語らないタイプだ。それなのに、これほどぺらぺらと心の裡を話すのは、私たちに理解してほしくて無理をしているのだろう」

――どうやらバイロン王は、『魔女に魅せられた者』の同志として、私に同情してくれているようだ。

以前、イザークが言っていた。

『魔女は不幸な者を相手に選ぶ傾向にある』と。
暗黒の時代を過去に持つ者ほど、光そのものの『身代わりの魔女』に魅かれることだろう。
恐らくバイロン王も不遇な時代を経験したことがあり、だからこそ、私の立場に同情してくれているのだ。

相手を一途に想う「魔女」の気持ちは、「魔女」にしか分からないと言うのであれば、心臓を鷲《わし》摑《づか》まれて、一人では立つこともできないほど夢中にさせられた「お相手」の気持ちは、「お相手」にしか分からないのだ。

「一国の王がこれほど下手に出るなんて、他に聞いたこともない。少なくともフェリクス王はもっと無口で高圧的で、王らしい王だとの報告を受けている。ルピアのために、ルピアの家族である私たちと友好的な関係を築こうと、彼は自分を曲げてくれているのだ」

バイロン王の発言を聞いて、私の性格や振る舞いまで把握されているとは、どうやら私に関する情報は筒抜けのようだと思う。

さすが大国ディアブロ王国の間者だ。いい仕事をしている。

カーラ王妃は何事かを考えている様子だったが、ついと視線を落とすと、ルピアの全身に視線を走らせた。

それから、ルピアの穏やかな寝顔を目にした後、近くに聖獣が控えていないことを確認すると、淡々とした声で感想を漏らす。

「バドが付いてくることなく、フェリクス王一人にルピアを任せたようね。だとしたら、よほど彼のことを信用しているのかしら」

聖獣が私を信用しているかどうかは不明だが、最近では私にルピアを任せて、時々不在にすることがあるのは事実だ。

そのため、ここが押しどころだと思った私は、もう一度バイロン王とカーラ王妃を見つめると心から要望した。

「私はルピアを誰よりも大切にすると、私の全てに懸けて誓います！　お願いです、どうか私に彼女を預けてください!!」

それから、万感の思いを込めて頭を下げた。


しばらくの後、沈黙が広がる部屋の中に、「了承した！」とのバイロン王の声がやけに明るく響いた。

そのため、はっとして顔を上げる。

すると、不満ながらも同意した様子の王妃と、王妃の手をしきりと撫でながら宥《なだ》めている王、それから、複雑な表情を浮かべている彼女の兄姉が見えた。

後ろに控えている騎士や侍女たちは、感情を滲《にじ》ませない無表情を保っている。

それから、仲裁をしようとでもいうかのように、私と彼らとの間にイザークが立っていた。

この部屋に案内されて以降、イザークはずっと扉口近くにいたはずだが、いつの間にか移動してきたようだ。

そんな彼をちらりと見上げると、バイロン王は疲れた様子でため息をついた。

「はあ、これでひとまずは落着したな。スターリング王国には何人もの『報告係』がいるから、フェリクス王、君の事情は大まかに把握していた。先ほど述べたように、君がルピアの面倒を献身的に見てきたことの他、次々に隣国との戦争が勃発して、忙しくしていたこともな」

それから、王はイザークを手招きして近くに座るよう指示したが、なぜか彼は私の隣に座ってきた。

その姿を見てバイロン王は顔をしかめると、私に顔を向けた。

「イザークは毎年、スターリング王国に眠れるルピアを訪れていたな。その際に必ず君と会い、懇意にしていたことは知っている。だからこそ、毎回、毎回、ルピアを返すよう伝えてくれとイザークに頼んでいたのだが、正しく履行されていたか？」

そのような話は一度も聞いたことがなかった。

恐らく、イザークが私に配慮し、情報を止めていてくれたのだろう。

そのことに感謝を覚えたものの、イザークの行為がバイロン王の意向に真っ向から背いていたことは明らかだったため、正直に答えるわけにもいかず、無言のまま王を見返す。

　すると、バイロン王は答えを読み取ったようで、イザークを睨み付けると、信じられないといった声を上げた。

「イザーク！」

　明らかに糾弾されているにもかかわらず、イザークは優雅な仕草で肩を竦める。

「百聞は一見に如かずですよ。もしも僕が『フェリクス王はルピアに合っている』と発言していたとしても、聞き入れてはくれなかったでしょうからね。それに、そのような大事な交渉は自分ですべきだ」

　平然とした様子でイザークはそう答えると、横目で私を見てきた。

「フェリクス王は不思議な人物でしょう？　7年前に彼と対峙《たいじ》した時、僕は彼が世界で一番憎らしいと考えていました。そのため、思うがままに彼を罵りました。一国の王を、彼の臣下が居並ぶ席でです。フェリクス王の薄っぺらい矜持《きょうじ》と、いやらしい下心を暴くことで、僕はさらに彼のことが嫌いになり、そんな彼のもとから心置きなくルピアを攫《さら》って帰ろうと決意しながらね」

　そう言った後、イザークは不思議そうな顔で首を傾げた。

「ですが、彼との面会が終わった後、フェリクス王への悪感情はひとかけらも増えていなかったんです。その後も、何度彼を訪ねても、結局、憎しみの感情が増えることはなかったな」

　それから、イザークは考えるかのように腕を組む。

「恐らく、ルピアにはこのような者が合っているのでしょう。僕やルドガーのように押しが強いタイプであれば、ルピアの幸福を勝手に決めつけて、その形にはめ込もうとしますからね。しかし、フェリクス王であれば、ルピアに幸福の形を尋ね、彼女が望む形を一緒に模索していくのでしょう」

イザークの言葉を聞いたルドガー王太子が、荒らげた声を上げる。

「ルピアが傷付かないよう、前もって予防して何が悪い！　そもそもルピアは人を信じ過ぎるきらいがあるから、彼女の望み通りにさせたならば、無駄に傷付く場面が出てくるぞ」

「その通りだな。そして、僕らとしては傷付いているルピアを見たくないから、先回りして、彼女を傷付ける原因を取り除こうとする。これまでその行為に疑問を感じたことはなかったが、フェリクス王を見ていて間違いだったかなと思い至ったのだ。もちろん、彼も取捨選択をして、ルピアを酷く傷付けるものは事前に取り除いているようだが、それでも、基本的にはルピアの自由にさせている……たとえ彼女が傷付く姿を見なければならないとしてもね」

それがどうしたとばかりに顎を上げるルドガー王太子に向かって、イザークは肩を竦めた。

「ルピアは愚かではないから、それが制限された自由であることに気付いていたはずだ。ルピアが幼かった頃はそれでよかったが、彼女も成人し、雛鳥《ひなどり》の時期を過ぎたのだから、守られるだけではなく、自分から冒険をしたい時期が到来したんじゃないかな。そんな今の彼女には、フェリクス王の対応が合っていると思ったのさ」

　それから、イザークは私の方を向くと、感心した様子で私の背中をばちんと叩いた。

「ははっ、フェリクス王、上手くやったな！　君がこの国を訪問すると言ってきた時から今まで、君のことは真正の阿呆《あほう》だと考えていた。ルピアを愛する者しかいない場所にのこのこやってくるなんて、髪の最後の一本までむしり取られるつもりなのかと」

　朗らかな調子で酷いことを言うイザークに思わず顔をしかめると、彼は失言したとばかりに手で口を押さえた。

「いや、失礼。虹色髪は君にとって重要なのだったな。だったら、……骨の髄までしゃぶられるつもりなのかと驚いていた」

　イザークは私の気に障らないようにと言い直してきたつもりのようだが、大きな違いは感じなかった。

　気の遣い方は間違っているが、彼なりに配慮してくれたのだろう。

　イザークはいい奴だなと考えながら、気を取り直すために軽く頭を振る。

　すると、その部屋にいる者たちが視界に入り、彼らが先ほどまでのとげとげしい態度を改めていることに気が付いた。

　私を見る彼らの眼差しは、射殺さんばかりのものから、少し嫌いな相手を見るくらいのものに変化している。

　そのため、ルピアの家族も忠臣たちも優しいのだなと思い、その善なる性質に感謝した。

全員が私に腹立たしさを感じているだろうに、ルピアの夫であるがために、彼女に連なる者として私への態度を軟化させてくれたのだから。

「……私はいつだって、ルピアに助けられているのだな」

ルピアがこの善なる人々と私を巡り合わせてくれたのだ。

そう考えながらぼそりとつぶやくと、私の心の動きを把握したらしいイザークが、にやりとした笑みを浮かべる。

「実際にどれほど助けられているかを確認するためにも、次は目覚めたルピアとともにディアブロ王国に来るがいい。その際に、今回同様『赤の応接室』で迎え入れられるかどうかを賭けようじゃないか」

「……ルピアが一緒であれば、『赤の応接室』以外の部屋で迎え入れられることは確実だろう」

賭けになりもしない、と思いながら答えると、イザークは面白そうにふふふと笑った。

「だったら、僕はその反対に賭けよう。ああ、ちなみに賭けの期間は3年だ。これから3年以内に、『赤の応接室』以外の部屋で迎え入れられたら君の勝ち。それ以外は僕の勝ちだ」

楽し気に言葉を続けるイザークを見て、バイロン王が信じられないとばかりに首を振った。

「イザークはいつだってルピアの味方をしていたのに、あの子に手酷い態度を取ったフェリクス王に気安い態度を取るとは、彼を許すことにしたのか？　……聖獣が信頼し、イザークが心を許す相手であれば、やはりフェリクス王はそう悪い者ではないのかもしれないな」

ルピアと釣り合うために、そうありたいと思う。

私はバイロン王とカーラ王妃に顔を向けた。

「よろしければ、しばらくの間、私がルピアとともにこの国に滞在する許可をいただけますか。そして、互いに知り合う時間をいただきたい。ですが、まずはルピアとともに、この国を見て回らせてください。私は彼女が生まれ育ち、愛した国について知りたいのです」


私の希望は叶えられ、ディアブロ王国に10日間滞在することが認められた。

早速、私はルピアを腕に抱え上げると、彼女にとって懐かしい場所を一つ一つ訪ねることにする。

ルピアの兄姉は少しでも彼女と一緒にいたいようで、時間の許す限り、私とルピアに同行してくれた。

そして、ルピアに話しかける形で、訪問した場所が彼女にとってどれほど大切なものであるかを私に教えてくれた。

初めに案内されたのは、王宮内にある花園だった。

「ルピア、ここはあなたが最も好きだった花園よ。あなたが去った後も変わらず、青色と藍色、紫色の花が咲き続けているわ」

咲き乱れる花々はその3色に固定されており、言うまでもなく私の髪色だった。

彼女は独身時代、時間を見つけてはこの花園に来て、花々を眺めていたという。

ルピアと婚約していた1年間は、定期的に礼儀正しい手紙を送り合うだけだったため、よもや彼女が私のことを想ってくれているとは気付きもしなかった。

しかし、その間も、彼女は私の髪色の花を眺めて、私のことを考えていてくれたのだ。

「……姉上方、あなた方の話を聞くたびに、私は幸せになります」

「そ、……それはあなたの勝手ですわ！」

会話を交わすたびに口調が優しくなっていくルピアの姉君たちは、間違いなく優しい性質を持っていて、ルピアを愛しているのだろう。

この国でルピアが幸せだった足跡を目にするたびに、嬉しさとともに苦しさを覚える。

ああ、私もこんな風にルピアを慈しむべきだった、と後悔する気持ちが湧き上がってくるからだ。

「国に戻ったら、私の部屋から見える庭に、白と紫の花を植えることにしよう。いつだって、君のことを感じることができるように」

そう言いながら、私は腕の中の彼女の額に額を付ける。

ルピア、君を育んでくれた国に来たよ。

君が幼い頃から慣れ親しんだ風と陽《ひ》の光だ。

それから、君の姉君たちの声が聞こえるだろう。

楽しいことを目にすると、いつだって目を輝かせていた君だから、目を開くときっと楽しい気持ちになれるよ。だから……。

「ルピア、どうか目覚めてくれないか」

何度繰り返したか分からない言葉を、私は腕の中の妻に向かって囁いた。

ディアブロ王国に滞在中、私はルピアの家族とともに食事をすることが許された。

そのため、晩餐《ばんさん》の楽しい雰囲気を味わってほしいと、ルピアを腕に抱いたまま席に着く。

そして、片腕で抱きかかえるようにしながら、もう片方の手で料理を食べていると、ルピアの家族から呆れたように見つめられた。

彼らと初対面を果たして以来、そのような視線を向けられることは何度もあったため、気にせずに食事を続けていると、沈黙を守り切れなかったバイロン王が声を上げる。

「フェリクス王、ルピアを抱きかかえたまま食事をしようとする君には驚かされるよ！　本当に君は片時もその子を離さないのだな。そしてまた、慣れている様子なのがすごいな。君は毎日、そんな風に食事を取っているのか？」

「……妃の侍女に叱られるので、毎日ではありません。ただ、ルピアには一日の区切りを感じてほしく、目覚めたいと思うような楽しい刺激に触れてほしいため、彼女の好物がメニューの時は抱きかかえて食事を取ることがあります」

ルピアの姉たちは呆れたように私を見つめてきたが、何を思っていたにせよ口に出すことはなかった。

代わりに、ルドガー王太子が顔をしかめて苦言を呈する。

「見ていると、君は頻繁に妹に話しかけているが、君の国でもそうなのか？　ルピアが眠っていることは分かっていても、起きているのではないかと疑って、何度も妹の顔を見てしまった。はあ、君の国の誰もが、妹が眠り続けていることに気付かないのも納得だ。しかし、少し執着し過ぎじゃないか？」

ルドガーの隣に座ったイザークが、すました顔で相槌を打つ。

「ルドガー、きっとルピアが目覚めた暁には、こんなフェリクス王を煩わしく思って遠ざけるはずだから、彼は今しかできないことをやっているのさ。放っておいてやれ」

そんな風に、私を見るたびに苦言や当てこすりを口にしていた面々だったが、日が経つにつれて言い飽きたのか、私の知らないルピアの話をしてくれるようになった。

そのため、私は宝物をもらうような気持ちで、彼らの言葉に耳を傾ける。

カーラ王妃はルピアが7歳の時に、私を魔女の相手として選んだ話をしてくれた。

だからこそ、まだ私が幼い頃に、国力差を利用してルピアを婚約者に定めようとしたものの、当のルピアから止められたというエピソードを。

「それはまた、ルピアらしい思いやりですね。彼女は既に私を選んでくれていたのに、我が国の立場を思いやって、私が15歳になるまで待っていてくれたなんて」

ああ、だからこそ、彼女は誰とも婚約をしないまま16歳になったのだ。

彼女の心の中では幼い頃からずっと、私を将来の夫と定めてくれていたのだろう。

何とも言えない気持ちになって俯いていると、バイロン王から質問される。

「君は本当にルピアが好きなのだな。だが、そうであれば、イザークのことが嫌いではないのか？それほど執着しているのであれば、ルピアに近付く男性はすべからく排除したくなるものだろう。これでもイザークはなかなかに立派だから、女性から人気があるのだぞ」

イザークが魅力的であることは、出会った瞬間から気付いていた。

そして、彼と付き合えば付き合うほどに、その魅力を思い知らされた。

「彼が全ての女性にとって、申し分のない相手であることは承知しています。さらに、イザークはルピアを愛称で呼ぶものだから、私の心はざわつきっぱなしです。しかし、ルピアが真に困った時、救いを求めるほど信頼していた相手が彼でした。そして、ルピアから頼られたイザークは、彼女のために我が国まで来て、私と対決してくれた。ルピアの絶対的な味方である彼を、私が尊重しない理由は一つもありません」

私の言葉を聞いたイザークは、面白そうにバイロン王を見つめた。

「ふふふ、つまり彼はとっくに僕の色男ぶりに気付いていたみたいですよ。それなのに、ルピアのために、僕が彼女に近付くことを許容しているのだから、やっぱり変わっていますよね」

「うーむ、私にはできない真似《まね》だな」

そう言って苦笑し合う2人は、とても仲がよさそうに見えた。

そして、会話の中に数多くのルピアの話が出てくることから、誰もが彼女のことを大事にしていることが見て取れた。

そのため、私はなぜ、ルピアは我が国の王妃になりたかったがために私と結婚したなどと、突拍子もないことを考えたのだろうと唇を噛む。

彼女は母国の皆からこれでもかと愛されていたし、家族仲がいいのだから、できることならば母国でずっと過ごしたかったはずだ。

彼らと別れ、私の国に嫁いできてくれたのは、全て私のためだったのだ。

ああ、私はもっと早くこの国を訪れるべきだった。

そうすれば、多くのことに気付けただろうに。

――私はそう後悔したのだった。


ディアブロ王国に滞在する間、私とルピアには王宮に部屋が与えられた。

それは日当たりのいい貴賓用の客用寝室だったが、訪問から数日が経ったある日、ルピアが結婚前に使用していた部屋に移された。

その破格の対応に、心から感謝する。

移されたのは、彼女が幼い頃からずっと使用している部屋で、9年前に母国に戻った際にも、ルピアはここで暮らしていたとのことだった。

興味を覚えて見回すと、女性らしい可愛らしさに溢れた部屋は、色々な思い出の品で溢れていた。

一体何だろうと、部屋に飾られた小物を眺めていると、部屋を案内してくれた侍女が一つ一つ説明してくれる。

それらの品々は、ルピアが地方を巡った際に買い求めたガラス細工品や、その地伝来の守り人形とのことだった。

それから、アスター公爵イザークの手作り品である木工細工だった。

「国内各地を巡った際に入手した思い出の品々を飾るのは、いかにもルピアらしいと微笑ましく思えるが、イザークの手彫りの木工細工を飾っているのは……」

非常に狭量な気持ちが湧いてきたため、私も木工細工を学ぼうと決意する。

しかし、寝台で横になっているルピアを振り返ったことで、胸の中に湧いていた醜い気持ちがあっという間に霧散した。

穏やかな表情を浮かべているルピアの前で、私は何と小さなことを考えていたのかと、恥ずかしくなったからだ。

「ルピア、狭量ですまない。イザークは君の大切な友人だ。だから、私も彼を大切にしないといけないのだった」

自分に言い聞かせるようにつぶやくと、私はルピアの髪を丁寧な手付きで撫でる。

「この部屋は、我が国の王妃の部屋とは趣が異なるね。このような部屋が君の好みなのだとしたら、私は部屋の設えを間違えたな。だが、君が眠っている間に改装するとうるさいだろうし、だからと言って、一時的にでも君を他の部屋に移したら、寂しく感じるかもしれないよね。だから、君が目覚めた後に、相談しながら模様替えをしようか？」

そう言うと、私はルピアの好みを把握しようと、もう一度部屋の中を見回したのだった。

「これは何だ？」

その日、私はイザークとともに果樹園を見回りながら、彼に質問をした。

見せたいものがあると言われたものの、王都から距離があることを理由に、馬での移動を提案されたため、妊婦を乗馬させるわけにはいかないと、この国に来て初めて、ルピアと別行動を取ったのだ。

その際、ルピアの姉たちに彼女を預けたのだが、非常に喜ばれたため、遅まきながら私が彼女を独占し過ぎていたことを反省する。

護衛の騎士たちとともにイザークと馬で駆けてきたが、案内された果樹園には、見たこともないピンク色の果実が実っていた。

　そのため、隣にいるイザークにこれは何だと質問する。

　すると、イザークは目の前の実を一つもぎ取り、私に差し出してきた。

「フルフルの実だ。この木は特定の場所でしか育たない、生育するのが難しい樹木なんだ。しかも、果実が腐りやすくて長期保存に向かないから、遠地まで運ぶこともできない。運べたとしても、せいぜいディアブロ王国内くらいだろう。だから、我が国とびっきりの嗜好品だな」

「食べてみてもいいか？」

　初めて目にする果実だが、甘い香りを放っていたため、味はどのようなものだろうと気になったところで、イザークが爆弾を落とした。

「このフルフルの実は、ルピアが一番好きな食べ物なんだ」

「何だって!?」

　何事にも序列を付けたがらないルピアが、はっきりと一番だと明言するほど好きな食べ物なのか!?

「だとしたら、私は何としてでも、この果物をスターリング王国でも食べられるようにしないといけないな!!」

　眠り続けるルピアは、誰が見ても分かるほどに痩せてしまっている。

　そして、元々、彼女が食べることができる食材は限られている。

そのため、彼女が目覚めた時に、少しでも口に入れられそうな食べ物を準備しておきたいし、彼女が好む物を食べさせてあげたい。何より、好物を食べて、ルピアに微笑んでほしい。

そう考えながら、私はイザークにフルフルの木について、矢継ぎ早に質問した。

何が何でも絶対に、この果実を我が国に輸送しなければいけないと考えながら。

それから、この果実を輸送する方法について、あらゆる角度から検討したのだった。


――その日の夜、訪問日初日に対面した貴族たちとの宴席が設けられた。

『無礼講・フェリクス王の魅力を解明する会』と銘打たれたお酒付きの会で、またもやルピアとの別行動を強いられる。

寂しさを感じたものの、少しはルピアを彼女の家族に預けなければいけないと決意したところだったので、後ろ髪を引かれながらも彼女と離れる。

イザークの話によると、今晩招いた貴族たちは、なぜ私がルピアに選ばれたのかを知りたがっているとのことだった。

「だから、参加者全員でその理由を追及してくるのじゃないかな」

朗らかに説明するイザークの言葉を聞いて、『それは私が一番知りたいことだ』との気持ちが湧き起こる。

そして、訪問初日に彼らと対面した時からずっと、『ルピアの婚約者候補だった者たちだ』とのイザークの言葉が気になっていたため、私の方でも彼らを観察しようと考えながらその場に臨んだ。

王宮内にある会場に着くと、身構えながら食事の席に着く。

それから、さり気ない様子で席に着いている5人を見回したが、全員が上品で高級そうな服を見事に着こなした、整った顔立ちをした理知的な男性だった。

そのため、我が国の調査能力の低さはどうなっているのだ、と腹立たしさを覚える。

ルピアの名前が私の妃選定会議に取り上げられた際、彼女が16歳まで婚約も婚姻もしていなかったことが問題視された。

その時は、ルピアが病弱なため、母国の貴族に望まれなかったのだろうとの結論が示されたが、見当違いも甚だしい。

見た目も、家柄も、王宮に勤務するほどの能力も揃った高位貴族たちが、ルピアとの婚姻を望んでいたのだから、「ルピア自身が望まなかった」というのが正解だったのに。

しかも、彼らのうちの幾人かは、未だにルピアを諦めきれていない様子に見える。

結婚生活を送る中、ルピアの可愛らしさを知るにつれて、彼女に想いを寄せていた男性がいたのではないかと思うことはあった。

しかし、5人は多過ぎるだろう。

いや、もしかしたらこの5人は氷山の一角で、さらに隠れルピア信奉者がいるかもしれない。

恐ろしい思いでぶるりと身震いをすると、イザークが面白そうに話題を振ってきた。

「さて、こちらがわずか6歳でルピアの心を盗んだ大陸一の色男だ。見ての通り、顔立ちはこれでもかというくらいに整っている。さらに、彼の政治的手腕は有名だから、今さら説明するまでもないだろう。しかしながら、実際のフェリクス王は、見た目と違って大層な堅物なのだ。そのため、女性をもてなすところはもちろん、女性と会話を交わしている姿すら見たことがない。だから、女性を楽しませるスキルはほぼ皆無だろうな」

イザークに指摘されて初めて、私はルピアを楽しませることができていたのだろうかと心配になる。

これまでの私には、相手を楽しませようという視点が抜けていたかもしれない。

よし、母国に戻ったら会話術を学ぶことにしよう。

そう考えている側から、次々に難しい質問が投げかけられる。

「フェリクス王、あなたのチャームポイントは何ですか？　ルピア様はあなたのどこに魅かれたのでしょうか？」

「チャームポイント？　私にそんなものがあるのか？」

改めて考えてみると、私は至って特筆すべきことのない人間のようだ。

「長所なら幾つか挙げられるが、チャームポイントを聞かれると答えるのが難しいな。これがルピアであれば幾つも出てくるのだが。たとえば彼女は表情豊かで、いつだって楽しそうにしている。

そして、いつだって笑顔で私を見上げてくれるのだ。それから、私に話しかけてくる時……」

「フェリクス王、結構です！　それはルピア様のチャームポイントを挙げているようで、実際には惚気《のろけ》ですから聞きたくありません!!」

「えっ？」

思ってもみないことを言われて目を見張ったが、私が言い返すよりも早く、別の者が新たな質問を投げかけてくる。

「それよりも、現状の結婚生活はどうなっているのですか？　ルピア様はフェリクス王に飽きてはいませんか？」

「それは……恐ろしい質問だな。先ほどイザークが言った通り、私は女性を楽しませるような会話が得意ではないからね。しかし、今後は学んでいくつもりだ。会話と言えば、ルピアはいつだって楽しい話をしてくれるのだが、オチを話す前に笑い出してしまってね。そのため、私は彼女の笑顔に見とれてしまい、話の内容が頭に入ってこないのだ。だから、彼女の話のオチは何だったのかな、と眠る前に思い返す習慣が付いてしまって……」

「フェリクス王、結構です。それもルピア様の話をしているようで、実際には惚気ですから聞きたくありません!!」

「えっ、これも!?」

そんな風に彼らの質問は難しく、なかなか望まれる回答ができずにいたのだが、それなりに会話は続いていった。

そして、テーブルの上に酒の空瓶が1ダースほど並ぶ頃には、身構えていたはずの体から力が抜け、彼らが発する泣き言を、「同意することばかりだな」と頷きながら聞いていた。

なぜなら誰もがルピアへの恋慕を抱えており、その姿は私と重なるところが多かったからだ。

そして、彼らの気持ちを知ったことで、改めて喜びが湧き上がってくる。

ああ、彼女は多くの者たちから愛されていた。

ルピアはどこにも嫁げなかったから私のもとに嫁いだのではなく、私に嫁ぎたかったから嫁いでくれたのだ。

「ちょ、フェリクス王、泣いているのですか？　えっ、王は泣き上戸だったのですか!?」

「違う。だが、奇跡のような事実が判明したのだから、泣かずにはいられない。ルピアは私に嫁ぎたかったから、私の妃になってくれたのだ!!」

真理を発見した喜びで、興奮しながらそう口にしたのだが、全員から剣呑な眼差しを浴びせられる。

「えっ、どうしたのだ?」

そう問い返したが……。

「どうしたではありませんよ！　やっぱり悋気ですか！　王は最初から最後まで、ずっとルピア様のことを悋気っぱなしではないですか!!」

「ああ、ルピア様が王のどこに魅かれたのかは分からず仕舞いでしたが、王がルピア様に魅了されていることだけは十分伝わりました!!」

口々にそう言い募られたため、私は驚いて目を見張る。

「悋気？　そんなつもりは……」

言い返そうとすると、イザークが背中をばしりと叩いてきた。

「ははは、ルピアに続いて君も天然なのか！　至極真面目に答える振りをしながら、その実、これでもかとルピアについての悋気を口にし、彼女に懸想する男性陣を牽制している」

「えっ、私はいつの間にか、そんな高等テクニックを身に付けていたのか!?」

今後もルピアに懸想する男性は掃いて捨てるほど現れるだろうから。何と素晴らしい技を身に付けたのだ。

そう考え、嬉しくて笑みを零していると、男性陣は何かを理解したような表情を浮かべた。

「分かりたくはないが、分かったような気がします。なるほど、ルピア様はこのような方がタイプだったのですね」

「はあ、この調子では、ルピア様はフェリクス王と別れようとは思わないでしょうね」

最後の不穏な言葉が耳に入ったため、私は慌てて言い返す。

「私は何があってもルピアから離れない!!」

「「……それだけは理解しました」」

――その日の会は、そんな風に与太話のみを交わして終了した。

そのため、参加者は消化不良だったのではないかと心配したが、翌朝、「会の目的は達成された」とイザークから伝えられた。

『無礼講・フェリクス王の魅力を解明する会』の目的といえば、「私の魅力を解明すること」のはずだが、何一つ解明された覚えはなかった。

そもそも私にルピアを引き付ける魅力があるのか？　と思ったが、ライバルたちが私の美徳を勝手に見出《みいだ》して、身を引いてくれたのならば悪くないと、口を噤むことにする。

そのため、結果として、彼らとの初会合は全員が満足する形で終了したのだった。

そして、10日の滞在も終わりを迎え、とうとうディアブロ王国を去る日となった。

私はルピアを腕に抱えたまま王宮内の花園に足を踏み入れると、辺り一帯をゆっくり見回す。

そこは初日に案内された、ルピアがこの国で一番気に入っている場所だった。

滞在期間が長くなるほどに、ルピアの家族は様々なことを教えてくれたが、その際に、ルピアがこの場所で虹をかける訓練をしていたことを話してくれた。

彼女はこの場所で、私のために多くの時間を費やしてくれたのだ。

「ルピア、君はこの場所で多くの時間を過ごしていたらしいね。私は悲しいことがあるたびに、スターリング王国王宮の裏庭で、自分を悲しんで泣いていたが、その間、君はこの花園で、私が幸せになるようにと尽力してくれていたのだな」

改めて、私は情けない子ども時代を過ごしたものだと恥じ入る気持ちが湧き起こる。
ルピアは長い時間を私の幸福のために費やしてくれたのに、そのことを口にすることもなかったのだ。

――ルピアから受け取った、長い手紙に綴られていた言葉を思い出す。

『フェリクス様が少しでも幸福を感じられるようにと、空に虹をかけていました。
けれど、虹がかかるのは、女神に愛されているからだとあなたは考えているようでした。
そのため、女神ではなく私の力だったと知れば、あなたががっかりすると思い、言い出すことができませんでした』

「ごめんね、ルピア。そう思い込ませてしまったことを心から反省している。しかし、今となっては虹の女神の何倍も、君の方が大切なのだよ」

そう口にすると、私はルピアの上に涙を零した。
それから、しばらくして顔を上げると、私はルピアにそっと囁きかける。

「ルピア、君の母国で君の大好きなものに囲まれる生活を送ったが、とうとう目を開かなかったね。きっと、君にはまだ、眠る時間が必要なのだろうね」

それから、私は彼女を抱き上げる腕に力を込めた。

「スターリング王国に帰ろうか」

そして、今度は目覚めた君と一緒に、再びこの国に来よう。

君の愛する者たちに会うために。

ふと視線を落とすと、ルピアが微笑んだように見えたため、胸が締め付けられるような想いを味わう。

それから、改めて私の幸福も悲しみも、全ては彼女とともにあるのだと、再認識したのだった。

ルピアの寝室滞在権を巡るミレナとの攻防

【SIDE 国王フェリクス】

「は、お前は何を言っている？　鬼か！　お前は鬼なのか!?」

私は感情を覗かせない様子で、淡々と鬼畜な提案をしてくる妃の侍女を睨み付けると、絶対に嫌だと抵抗の声を上げた。


ルピアが眠り続けてから2年が経過した。

彼女はここ数か月の間、苦しそうな様子を見せることは一度もなかった。

そのため、ルピアの体から毒が消えてなくなったのではないかと安堵していた矢先、唐突にミレナが無情な提案をしてきたのだ。

「ルピア様も落ち着いてこられたので、陛下は夜、ご自身の寝室でお休みになられてください」

「い……嫌だ！」

突然、何を言い出すのだ。

なぜ私がルピアと2人きりになれる時間を手放さなければならないのだ。

「非常事態の期間は過ぎました。元々、陛下のご希望で、夜はルピア様と一緒に眠られない取り決めをされていたのでしょう？　ルピア様はそのつもりでいらっしゃいましたから、まさか毎晩、陛下がルピア様の寝室で共寝をされていると知ったら、目覚めた時に驚愕されますわ」

「共寝なんてしていないことは、お前が一番よく知っているだろう！　私は慎ましやかに、寝台の隣に並べた長椅子で眠っているだけだ。それに、私は夫だぞ！　妻と一緒に眠らないという取り決めはしていない」

事実を口にしたというのに、ミレナはじとりとした目つきで見つめてきたので、少しだけ言い直す。

「……確かに、書類仕事が残っている時は、自分の寝室に戻っていたが」

結婚当初の私は王になりたてで忙しく、睡眠時間を削って仕事をしていたのは事実だ。

しかし、今になって考えると、私は仕事の時間を削ってルピアとともにいるべきだったのだ。

「ええ、そうですね！　そして、その書類仕事は毎晩、残っていたんですよね！　ルピア様が身代わりになって長い眠りにつかれるまで、陛下がルピア様の寝室で朝まで過ごされたことは一度もありませんでしたから」

ミレナはルピアの専属侍女だ。

そのため、朝から晩までのルピアとその周辺事情を把握しており、分が悪いと思った私は思わず一歩後ろに下がる。

そんな私に対して、ミレナは無情な最後通牒《つうちょう》を突き付けてきた。

「ルピア様は陛下に寝顔を見られるのが嫌かもしれないし、ご一緒だと眠りにくいかもしれませんから、どうぞ自室に戻られてください」

だから、どうしてミレナはこう極端な結論を出すのだ。

「いやだ！　私は少しでも長く彼女を見つめていたいんだ！　それに、最近は睡眠時間を削ってまで処理すべき仕事はないから、ここに留まっていても問題ないはずだ」

「陛下……」

駄々っ子を見るような目で見つめられたが、私は成人した大人だ。

そして、最近はもう、ルピアを眺めていること以外に楽しみはないのだから、認めてもらえないだろうか。

「ミレナ、頼むから私の唯一の楽しみを取り上げようとするのは止めてくれ。私が夫として失格だったことは理解している。疑うべきでなかったものを疑い、喜ぶべき時に喜ばなかったことを私は一生涯悔やみ続けるが、私がどれほど後悔しても、ルピアに幸福な時間を取り戻してあげることができないことも分かっている」

私の言葉を聞いたミレナは、馬鹿にした様子で顎を上げた。

どうやら私の過去の失敗を思い出して、腹立たしい思いが込み上げてきたらしい。

「だから、お前は業腹だろうが、私だって後悔から学んだのだ。それは、私はもう二度と、彼女のどんな瞬間も逃したくないということだ。そのためにも、ルピアの側にいたいのだ。そうすれば、私は彼女に起こるあらゆる局面を共有できるし、手助けできるのだから」

　ミレナは返事をすることなく、無言で睨み付けてきたので、私は両手を上げる。

「ミレナ、私に言いたいことがあるのならばはっきり言ってくれ。お前がどんな無礼な言葉を発したとしても、それを理由に咎めることはないと約束する。それに、お前は同志だ。今後もルピアのために一緒に尽力していかねばならないのだから、腹に一物あるのは困る」

「では、言わせていただきますけど、王は間違ってはいけないところで間違ったんですよ！　どうやったらルピア様を誤解できたのか、私にはさっぱり分からないです！　あれほど全てをかけて王のことを想っていたルピア様が浮気をして、別の男性の子どもを身籠ったと考えるなんて!!　よくぞ誤解できましたよね!!」

「…………」

　ぐうの音も出ない、とはこのことだ。

　ミレナの発言は全くもって正論だったため、何一つ返す言葉が見つからずに黙り込んでいると、そんな私を何と思ったか、ミレナは腹立たし気な声を上げた。

「聞いているんですか!?」

「……聞いている。そして、お前の言う通り、その件に関しては全面的に私が悪い。私は基本的に頭が固くて、常識を重んじるタイプだった。そのため、この世界に『魔女』がいることを信じていなかった。それにもかかわらず、ルピアの可愛らしい夢物語に話を合わせたくて、信じている振りをしたのだから、絶対的に私が悪い」

私が間違い、私が悪かった。

ルピアには一片の誤りもなかったのに、ないものをあるように思い込み、一方的に咎め立てたのだから。

「そのため、彼女が身籠ったと伝えてくれた時も、常識に基づいて判断して誤解した。戦争とは言え、2年もの間、あんなに可愛らしい妃を放っておいた私が悪いと思ったのだ」

「だから、ルピア様が母国の色男と恋愛遊戯を楽しんだと思い込んだんですね!!」

他人の口から聞くと、改めて酷い誤解をしたものだと思い、気分が悪くなる。

しかし、間違ったのは私なので、甘んじて受け止めるべきだろう。

「妃の忠実なる侍女として、お前には私を糾弾する資格がある」

いつの間にか、私の両手は揃えて膝の上に置かれていた。

背筋を伸ばし、まっすぐにミレナを見つめる姿は、完全に説教をくらう子どもの図だ。

「当然だが、今後は二度と間違わない。ルピアは二心を抱けるタイプでは絶対にない、との思考から始めるべきだったのだ。あんなに純粋で、無垢《むく》で、ひたむきで、可愛らしい妃は……」

私はとうとうと訴えていたのに、ミレナは無情にも途中で遮る。

「ふん、私がルピア様なら、疑われた時点で王のことが大嫌いになりますね！　二心ではなく、新たな心でもって恋をしますよ!!」

「……!」

ミレナは有能だな。

そして、その能力の全てを使って、私に止《とど》めを刺しにきた。

私は痛み出した心臓部分を押さえると、ぐっと奥歯を噛みしめる。

ミレナの言う通りだ。ルピアが私のことを嫌いになって、新たな恋をする可能性はある。

そのため、彼女が私以外の男性に恋することを、私は何よりも恐れているのだ。

そのことを自覚していたため、私はミレナに対して希望を述べる。

「ミレナ、お前がどのような感想を持ったとしても、それはお前の自由だ。しかし、よければルピアの前では、その考えを披露しないでくれないか」

なぜならルピアはミレナのことを信頼しているため、少なからずミレナの考えに影響されるように思われたからだ。

「それから……私のことを夫ではなく騎士だと考えたら、この部屋に留まることを許容できそうか？　時間を見つけては訓練しているので、それなりの腕はある。それに、何かあった時には、必ず命を懸けてルピアを守るから」

「……王が怪我をしたら、ダメなんじゃないですかね。それこそ、ルピア様が飛び起きて、もう一度身代わりになるかもしれませんよ」

そんなことになったら、私は自分を許せないだろう。

「命は懸けるが、絶対に守り切るし、怪我はしない」

自分の耳にも、根拠のない子ども約束のようなものに聞こえたが、私は本心からそう口にした。

もう二度とルピアが身代わりになるような状況には陥らない。

私のために彼女が傷付くことなど、あってはならないのだ。

だが……。

「ミレナ、今のお前の発想はよかったな。ルピアが飛び起きるって……ああ、お前の言う通り、ルピアが目覚めてくれたらいいな。そして、私を叱ってほしいものだな」

それが叱責だろうが、苦言だろうが、彼女が与えてくれるのであれば、何だって喜んで受け入れるに決まっている。

そう考えながら発した声が湿っていることに気付き、口を噤むと、ミレナが呆れたようにため息をついた。

「……分かりました。私がどれだけ時間と言葉を費やしても、陛下がルピア様の部屋から退出する気がないことは理解しました」

「…………」

ないな。どうあってもルピアの側にいたい。

無言でミレナを見上げると、彼女はもう一度わざとらしいため息をついた。

それから、睨むような激しい目つきで見つめてくる。

「ルピア様は正真正銘のお姫様なんですよ。誰の悪口も言わないし、どんな人のことも恨む様子を見せません。ですから……」

「今後は、彼女の表情や態度からルピアの気持ちを読み取って、適切に対応しよう」

恐らくミレナが口にしているのは、眠っている時のことではないのだろう。

これまでの行動に不備があったと言われているのと同時に、ルピアが目覚めた後に正しく行動すべきだと助言を受けているのだ。

「お前の言う通りだ。私の妃は優し過ぎるうえ、肝心なところで口を噤むところがあるので、私が配慮する。そのためにも、彼女についての経験を積み上げ、口に出さないルピアの心情を理解できるよう訓練しなければいけないので、彼女を知る機会を少しでも多く与えてくれ。つまり、私は毎晩この部屋で眠る！」

「国王陛下……」

徹頭徹尾同じことを言い続ける私をどう思ったのか、ミレナは心底呆れた様子で見つめてきた。

それから、諦めたように扉口に向かう。

「……何度も同じ言葉を繰り返さなくても結構です。ルピア様の枕元でいつまでもうるさくするわけにもいきませんので、私が退出します」

それから、ミレナはドアノブに手を掛けたところで立ち止まると、振り返ることなくくぐもった声を出した。

「ルピア様は善良で、幸せになるべき方です。王、どうかルピア様を幸せにしてください」

「もちろんだ！　私はそのことに残りの生涯を懸けることを約束する!!」

ミレナはルピアの忠実な侍女だ。

その彼女が、心からルピアの幸福を望む姿に感謝を覚える。

私の言葉を聞いたミレナは、小さく頷くと、そのまま部屋を出て行った。


扉の閉まる音とともに、ルピアと2人だけの空間に取り残された私は、静かに彼女を見下ろす。

私の視線の先で、ルピアは穏やかな表情で眠り続けていた。

……どうか、彼女の眠りが穏やかなものでありますように。

そして、一日でも早く、彼女が目覚めますように。

「君が目覚めた後の日々も、穏やかなものになると約束するから」

私は彼女の手を取ると、そう約束した。

それから、私は長椅子に横たわると、眠りに落ちる瞬間までルピアを見つめていたのだった。

第3章

国王は魔女に最初の恋と最後の恋を捧げる

The self-sacrificing witch is misunderstood
by the king and is given his first and last love.

21・目覚め

夢を見ていた。

長く悲しい夢を。

私は彼だけが大好きだったけれど、彼は私だけが好きなわけではなかった。

だから、彼を独占してはいけないと自分に言い聞かせた。

彼のことを好きだからこそ、独占して困らせないように、好きな気持ちを捨て去ってしまわなければいけないと。

努力して、努力して、努力した結果、私は彼を好きだった気持ちを捨て去ることができた。

けれど、――今度はそのことが悲しくなった。とても、とても。

自分の感情を持て余し、ぼんやりしていると、暗闇の中から私を呼ぶ声が聞こえてきた。

とても、とても優しい声で。

誰が聞いても、私が大切だと分かる声で。

私をこんな声で呼ぶのは誰かしらと、なぜだかとっても声の主が気になって――私は目を開いた。

「………ルピア？」

目を開いた瞬間、囁きとも呼べないほどの小さな声で、名前を呼ばれた。

自分が眠っているのか、起きているのかも分からなかったので、ゆっくりと瞬きをする。

すると、もう一度同じように小さな声が響いた。

「ルピア……」

その声が濡れているように思われたので、声の主を確かめようと視線を動かす。

すると、間近にフェリクス様がいて、私を覗き込んでいた。

なぜだか久しぶりに、彼の顔を見たように思う。

そんなに長い間、会っていなかったかしら？

そう思って、ぼんやりと眺めていると、彼の美しい藍青色の瞳から、ぽたりぽたりと大粒の涙が零れ落ちてきたのでびっくりする。

フェリクス様は涙を流したまま、震える声を紡ぎ出した。

「ルピア、ありがとう……」

彼にお礼を言われたことで、突然、私は今の状況を思い出す。

……ああ、そうだわ。

私はフェリクス様の身代わりになって、眠っていたのだわ。

そして、目が覚めたのね。

「ルピア……」

フェリクス様が感謝の言葉を口にしたうえ、これほど動揺しているのは、きっと私が魔女であることを理解したのだろう。

そして、私が彼の身代わりになったことを。

だからこそ、彼は私に対して申し訳なく思っているのだ。

——そんな必要は、全くないのに。

「おはよう、ご、ざい、……ます」

発した声は、自分でも驚くくらいにかすれていた。

思わず喉元に手を当てると、フェリクス様はくしゃりと顔を歪めて、私に手を伸ばしてきた。

「……すまない。君は長い間眠っていたから、声を出すのも難しいのだろう」

彼は私の顔にかかっていた髪を丁寧に払うと、真剣な表情で見つめてきた。

「ルピア、声を出すのは負担になるだろうから、了承するのであれば頷いてくれ。君さえ大丈夫そうであれば、少し体を起こして水を飲むべきだと思う。できそうかな？」

そう言われて初めて、喉がからからになっていることに気付く。

私は彼に向かってゆっくり頷いた。

すると、フェリクス様は私の背中に慎重に腕を差し入れると、丁寧な手つきで私の上半身を起こし、背中の後ろに幾つもクッションを差し込んでくれた。

それから、サイドテーブルに置いてあった水差しの水をグラスに移し、私の口元まで運んでくれる。

私は両手を伸ばしてグラスを摑んだけれど、落とすことを心配されているようで、フェリクス様もグラスから手を離さなかった。

そのため、３本の手で支えるようにしながら水を飲む。

こくり、こくりと水が喉元を滑り落ちていくと、体が生き返ったような心地になった。

グラス半分ほどの水を飲んだところで飲むのを止めると、フェリクス様は心得たようにグラスをテーブルに戻した。

そして、感に堪えないといった面持ちで、私を見つめてきた。

「ルピア、……目覚めてくれてありがとう」

私はぱちりと目を瞬かせた。

まさかそのようなことでお礼を言われるとは思わなかったからだ。

一体どうしたのかしら、とフェリクス様を見つめたところで、彼の髪が伸びていることに初めて気が付く。

結婚当初は、きっちりと襟元で切りそろえられていた髪だったけれど、2年振りに戦場から戻ってきた時は、肩に付くほどになっていた。

けれど、今はさらに腰まで長く伸びている。

これほど髪が伸びるには、どれくらいの時間がかかるのかしら？

よく見ると、フェリクス様の顔立ちも、いくつも年齢を重ねたかのように深みのあるものになっていた。

以前から整った顔立ちではあったけれど、今は人としての魅力が付加され、得も言われぬほど魅力的に感じられる。

……まあ、一体どれほどの経験をしたら、このような顔立ちになるのかしら？

不思議に思って、私はフェリクス様を見上げた。

「私は……どのくらい眠っていたのかしら？」

フェリクス様はびくりと体を硬直させた。

それから、緊張した様子で口を開く。

「……10年だ。君は10年間、眠っていた」

「えっ？」

まさかそんなに長い間眠っていたとは思わず、驚いて声が零れる。

「どうしてそんなに長く……」

けれど、その時、私は不思議なことに気が付いた。

フェリクス様を見上げているのに、何の感情も湧いてこないのだ。

これまでであれば、彼を目にするだけで胸がどきどきと高鳴り、嬉しくて楽しくて幸せな気持ちになっていた。

けれど、今は心が凪《な》いでいて、全く感情が動かなかった。

どうしてかしら、と考えを巡らせたところで、眠る間際のことを思い出す。

……ああ、そうだわ。

私はフェリクス様を、私から解放してあげると決意したのだったわ。

だから……私はきちんと彼を解放できるよう、私の恋心を捨て去る時間の分だけ眠っていたのだろう。

魔女は眠る時間を、自分でコントロールできるのだから。

私は落ち着いた気持ちで、つと彼から視線を逸らした。

私が感情的に引き止めさえしなければ、彼は完全に私から解放されるのだわ、と考えながら。

なぜなら結婚契約書の中に、私が2年間妊娠しなければ、彼は側妃を娶ることができるという条項があったからだ。

私は10年間も眠っていたのだから、彼の状況が以前と同じであるはずがない。

彼はきっと、私がいない状態の中で、新しい生活を始めているのだろう。

だから、私が別れを切り出しさえすれば、全ては上手くいくはずだ。

私はゆっくりと自分のお腹に片手を当てると、視線を落とした。

私が眠っている間、私の時間は動かないため、お腹はぺたんと平たいままだ。

胎動を感じられるほど赤ちゃんは育っていないけれど、それでも、不思議なことに赤ちゃんがお腹にいるのだということは感じ取れた。

そのため、自然と微笑みが浮かぶ。

すると、私の動作を黙って見守っていたフェリクス様の口から、かすれた声が零れた。

「ルピア、……すまなかった。一つ一つゆっくりと謝りたいが、君は目覚めたばかりで疲弊しているから、今はそれぞれ一つずつ、感謝と謝罪と訂正をさせてくれ。まずは……ありがとう。私の命を救ってくれたことに、心から感謝する」

「……どういたしまして」

そう口にした私の顔には、笑みが浮かんでいた。

自分でも単純だと思うけれど、フェリクス様にお礼を言われたことで、痛かった記憶も、苦しかった思いも、全て消えていくような気がする。

魔女にとって、お相手から感謝されることはこれほど嬉しいのね、と心の中がほっこりした。

それから、フェリクス様は私の両手を自らの両手で包み込むと、深く頭を下げた。

「それから、本当に申し訳なかった。謝って許されることではないし、君は決して私を許すべきでないが、君の腹の中にいる子の父親を疑ったことに対して謝罪をさせてほしい。その子は間違いなく私の子だ」

そこでフェリクス様は顔を上げると、私をまっすぐ見つめてきた。

彼の目から、再び涙がぽろぽろと零れていく。

「私の子であることが、心の底から嬉しい」

私はびっくりして目を見開いた。

……まあ、眠っている間に、何もかもが変わってしまったのね。

あれほどお腹の子の父親を疑っていたのに、今は信じてくれているなんて。

けれど、不思議なことに、どれほど自分の心の裡を覗き込んでみても、喜びの気持ちが湧いてこなかった。

フェリクス様に信じてもらいたい、とあれほど願っていたにもかかわらず、もはや私にとってそのことはどうでもいいことであるかのように、喜びの感情が湧いてこないのだ。

自分の心の動きに戸惑っていると、フェリクス様が再び口を開いた。

「最後に私がはっきりと明言しなかったため、誤解させた内容を訂正させてほしい。私の妃は君一人だ。10年前も、今も、君以外の妃はいない。私にとって大切なのは君だけだ」

フェリクス様の表情は真剣で、嘘をついているとは思わなかったけれど、私は首を横に振った。

「それは違うわ。あなたは私を大切にしてくれるけれど、私でなくてもいいのよ」

10年前、フェリクス様はアナイスを側妃にすると決めていたはずだ。

あるいは、フェリクス様は同意していなかったのかもしれないけれど、宰相や騎士団総長はアナイスが側妃になることを希望していた。

この国の要となる2人の重臣が同じ女性を望むのならば、それがフェリクス様にとって一番いい相手なのだろう。

10年前は私の恋心が邪魔をしたけれど、今は心が凪いでいて、彼のためになることを素直に受け入れることができる。

「あなたは王なのよ。国のために最も利になる方と結婚すべきだわ」

素直な気持ちでそう言うと、フェリクス様は衝撃を受けたように体をはねさせた。

「それは……いや、だが、確かに君は最上級に貴重な存在だが、私が君に妃でいてほしいのは、我が国に利するからではない!!」

なぜだか話がかみ合っているようで、かみ合っていないように思われる。

私は私以外の女性の話をしているのに、フェリクス様はあくまで私の話をしているようだ。

そのため、彼にも分かるようにはっきりと説明する。

「私のことは考えてもらわなくてもいいのよ。私はあなたの邪魔をしないし、必要ならばすぐにでもこの国を出ていくから。ただ、その場合は……この子は私に引き取らせてもらえないかしら。この子から王位継承権を剝奪してもらって構わないから」

私の言葉を聞いたフェリクス様は、びくりと全身を強張らせた。

それから、噛みしめた歯の間からきしんだ声を出す。

「…………何の、話をしている？」

彼の声はかすれ過ぎていて、聞き取れないほどだった。

強張った彼の顔の中、瞳だけがぎらぎらとしていて、必死に何らかの感情を抑えつけているように見える。

そんな彼を見つめ続けていることが苦しくなり、私はつと目を逸らした。

「ギルベルト宰相から、結婚契約書に側妃の条項が入っていると聞いた際、結婚契約書に目を通したの。契約書には側妃の条項とは別に……私が10年間妊娠しなければ、離縁できる旨の条項もあったわ」

彼の荒々しい呼吸音が、静かな部屋に響く。

「……無理だよ。君の腹には私の子がいるのだ」

彼の言葉を聞いた私は、困惑してフェリクス様を見つめた。

「ええ、でも、その事実は10年前から変わらないでしょう？」

「え？」

言われている意味が分からない様子で声を零すフェリクス様に、私は丁寧に説明した。

「先ほども言ったように、あなたは王なのよ。そして、王の希望は真実よりも優先されるの。10年前、この子はあなたの子でないと、あなたは私に言ったわ。そうしたら、誰もがそれを真実として扱った。同じことでしょう。あなたは10年前のように、この子はあなたの子でないと言えばいいのよ」

フェリクス様は一瞬にして顔面蒼白になると、震える手で痙攣している喉を押さえた。

それから、しばらくの沈黙の後、絞り出すようにして苦し気な声を出した。

「ルピア、……ルピア、後生だ。その子は私の子だ」

The self-sacrificing witch is
misunderstood
by the king and is given
his first and last love.

by TOUYA

番外編

The self sacrificing witch is misunderstood
by the king and is given his first and last love.

深酒をしたフェリクス、可愛い可愛いと妻を褒めちぎる（新婚4か月）

これは私がスターリング王国に嫁いできて4か月が経った頃のことだ。

夜も更けた時間帯にもかかわらず、眠ることができずにベッドの中でもぞもぞしていたところ、隣の部屋からがしゃんと大きな音がした。

そのため、フェリクス様に何かあったのかもしれないと慌てて起き上がり、彼の部屋に続く扉をノックする。

「フェリクス様、大丈夫？」

少し待っても返事がなかったので、悪い予感を覚えながら扉を開けると、フェリクス様が割れたグラスを見下ろしたまま立ち尽くしていた。

「フェリクス様？」

どうしたのかしら、と思いながら尋ねると、私に気付いた彼が困ったような表情を向けてくる。

「ああ、ルピア。悪いね、起こしてしまったかな。お酒を飲もうかと思ったのだが、グラスを床に落としてしまったのだ。明日にでも侍女に片付けさせるから、気にしないでくれ」

フェリクス様はそう言いながら手を振ると、扉越しに安否を確認してきた騎士にも、問題ないと返事をしていた。

それから、もう一度私を振り返ると、近付いて来て見下した。

「ルピア、こんな夜遅くに心配してくれてありがとう。ああ、嬉しいな。君はもう眠っていて、次に会えるのは明日の朝だと思っていたから。だが、立ったままでは疲れるから、座った方がいい」

フェリクス様は饒舌《じょうぜつ》な様子を見せた後、私の手を引いてベッドの上に座らせた。

それから、私にぴたりとくっついて座ると、片手を握ってくる。

それらの言動の全てが、普段のフェリクス様とは異なるように感じられて、どうしたのかしらと小首を傾げたけれど、彼は気付かない様子で私の手を撫で始めた。

「ルピアの手は小さくて白いね。こんなに可愛らしい手は、世界中探しても見つからないだろうな」

その声が、普段になく甘い響きを帯びていたので、やはりおかしいわと思いながら彼の顔を見上げる。

すると、珍しいことに、彼の頬がほんのりと赤らんでいた。

「……フェリクス様、もしかしてお酒をたくさん飲んだの？」

「ん？　ああ、今日はワインの品評会が行われたからね。特別審査員を務めたため、何杯か飲んだかな。それから、その後に開かれた懇親会でも勧められるままに飲んだから、……今年一番くらいには、多量のお酒を飲んだかもしれないな」

「まあ」

それは一体どれくらいの量かしら、と心配になって彼の全身を眺め回してみたけれど、頬の赤み以外に普段と異なる様子は見られなかった。

そのため、ほっと胸を撫で下ろしながら、『フェリクス様はお酒に強いはずだから大丈夫よね』と考えていると、彼は私の髪を手に取って唇に押し当てた。

「ルピアの髪は美しいね」

「フェ、フェリクス様？」

これはやり過ぎじゃないかしら、とびっくりしながら彼を見上げる。

すると、フェリクス様はうっとりとした様子で私の髪を見つめていた。

「君も知っているように、先日、私はレストレア山脈に登ったのだよ。そうしたら、そこは一面の銀世界でね。あまりに美しかったから、私は胸を打たれて言葉を失ったのだ。高潔で清廉。何物にも荒らされない凛とした美しさを持つ景色が、まるで君のようだと思ってね」

「えっ？」

突然の褒め言葉とも思われる発言に、頬に熱が集まってくる。

少しでも頬を冷まそうと、両手で頬を押さえたけれど、フェリクス様はそんな私の顔をじっと見つめてきた。

「ルピア、君は私がこれまで目にした中で、最も美しいものだ。美しくて、美しくて、君を見ているだけで胸が痛くなる」

「…………」

フェリクス様らしくない言葉を聞いて言葉に詰まったけれど、これはまだ序の口だった。

なぜならフェリクス様は、訴えるかのように目を細め、さらに言葉を続けてきたのだから。

「もしも私が狩人ならば、森で一番大きな獲物を捕らえて君に贈るだろう。あるいは、もしも私が詩人ならば、君の美しさを万の言葉で飾って、君に捧げるだろう。だが、私はただの国王だからね。世界中からドレスと宝石を取り寄せて、贈ることしかできやしない」

最後の一言に不穏なものを感じ、恐る恐る質問する。

「……フェリクス様、もしかして私のために、ドレスや宝石を買ったのではないわよね？」

すると、彼は誇らしげに胸を張った。

「もちろん、世界中から購入したよ！　いや、正確に言うと注文中で、商品の到着を待っているところだが。なぜって、私が持っている最大のものはコネクションだからね。各国の王族に連絡して、その国が誇る材料を使用したドレスを、国一番の店で作るよう頼んだのだ。宝石もね、国によって採れる石が異なるから、それぞれの国で異なる石を注文したかな」

「…………」

どうしよう、これは事実なのかしら。それとも、酔っているがうえの戯言《ざれごと》なのかしら。

「だが、ルピアを見たら、あまり意味のない行為だったなと反省しているところだ。だって、君はこんなに美しいのだから、どんなドレスや宝石を贈っても見劣りするに決まっている」

というよりも、これは本当にフェリクス様なのかしら。

これまで彼が深酒をしたところを見たことがなかったから気付かなかったけれど、フェリクス様は酔っぱらうとこんな調子になってしまうのね。

「ああ、ルピアはどうしてこんなに可愛いのかな。可愛いねえ。可愛いなあ」

しきりにそう言って、私の頭を撫で始めたフェリクス様を見て、酔っているからこその言葉だと分かっていても、顔がさらに赤くなる。

それから、本当に知らなかったわ、と心の中でつぶやいた。

まさかフェリクス様が深酒をすると、これほどまでに相手を褒めるタイプだったなんて。

「……フェリクス様、もしよかったら、今後は他の女性がいるところではたくさんお酒を飲まないでね」

心配になってそうお願いすると、フェリクス様は不思議そうに尋ねてきた。

「どうして？」

自分勝手な気持ちから出た望みだったため、私は歯切れ悪く答える。

「それは、……お酒が原因だと分かっていても、フェリクス様に他の女性を褒めてほしくないからよ」

すると、フェリクス様は勢い込んで否定してきた。

「そんなことをするはずがない！　世界中見回してみても、美しいのは君だけだから!!」

彼の真剣な表情を見て、まあ、何ということを言うのかしらと目を見開く。

「そ、そういうところだわ」

それから、もう限界だわと思って、真っ赤になって言い返すと、フェリクス様はふにゃりと顔を緩めた。

「ああ、ルピアは本当に可愛らしいな。それなのに、その可愛いらしさを自分で分かっていないのは、これまでの私が言葉足らずだったせいだな。そのことを、海より深く反省する」

そう言って項垂れたフェリクス様を見て、お酒って恐ろしいわねと心から思う。

こんなにまで人格を変えてしまうのだから。

「フェ、フェリクス様、私は酔っていないからね。明日になってもあなたの言葉を覚えているわよ」

そして、酔っているからこその言葉と分かっていても、時々、思い出しては、宝物をもらったような気持ちになってあなたの言葉を噛みしめるわよ。

「もちろん、私だって自分の言葉くらい覚えているさ。いや、どうだったかな。ひどくお酒が進んだ時は、忘れることもあるのだったか」

フェリクス様は自信がなさそうに首を傾げた。

これはきっと忘れてしまうということね。

そう解釈していると、フェリクス様は顔をまっすぐに戻して、綺麗な笑顔を見せた。

「いずれにしても、私は本心しか口にしない。たとえ口にした言葉を忘れたとしても、常に今話した通りの気持ちでいることを、この場で誓おう」

ダメよ、ルピア。フェリクス様は酔っているのだから、信じてはいけないわ。

そして、酔っている時の言葉を持ち出して、「こんなことを言ったのだから、守ってちょうだい」と言うのも卑怯なことだからね。

そう自分に言い聞かせても、信じたい気持ちが湧き上がってきて、つい口元が緩んでしまう。

「ありがとう、フェリクス様。素敵な言葉をもらって、すごく嬉しいわ」

……どうやら私は意志が弱い魔女だったようね。

フェリクス様は発した言葉を忘れてしまうみたいだけど、私が一人でこっそりと覚えている分には構わないわよね。

そう考えたところで、ふとある可能性に思い当たる。

あら、待って。ということは、私が何を言ったとしても、明日のフェリクス様は覚えていないのかしら。

そのことに気付き、よからぬことを考えて、白く戻りかけていた頬が再び赤くなる。

そんな私を、フェリクス様が不思議そうに見つめてきた。

「ルピア、どうかしたの？」

私は少し躊躇した後、覚悟を決めると俯いていた顔を上げ、彼の手を両手で握りしめる。

「フェリクス様……私はずっと長い間、フェリクス様のことをす……素敵だなと思ってきました！」

ダメだわ。やっぱり好きだと告げるのは難易度が高いわ。

「それから、優しくて、思いやりがある方だなとも思ってきました。だから、フェリクス様と結婚できて、私はすごく幸せです。私をお嫁さんにしてくれて、ありがとうございます」

自分でも真っ赤になっているのが分かるし、どきどきと心臓が高鳴り過ぎていて、自分の声すらよく聞こえない。

本来ならば、彼がお酒を飲んでいない時に言うべき言葉だと思うけれど、私の気持ちを押し付け過ぎて、彼の負担になってはいけないという思いがあって、これまでは口にできなかった。

同じ気持ちを返せないとしたら、フェリクス様は気に病むかもしれないから。

けれど、お酒に酔って、相手を褒めたい気持ちになっている今のフェリクス様ならば、褒められることを素直に受け入れてくれるのではないかと思ったのだ。

「ルピア！」

果たして私の推測通り、フェリクス様は嬉しそうに私の名前を呼んだ。

それどころか、感極まったように目を潤ませると、がばりと私に抱き着いてきた。

「えっ？」

「ルピア、私こそ君以上の妃はいないと思っている！　私はいつだって、君に感謝しているのだ」

「えっ、えっ、ええ……」

　想像もしていなかった素晴らしい言葉を返されたため、私は嬉しくなってふにゃりと笑う。

「フェリクス様、お酒を飲んだフェリクス様はとっても素敵だわ。何だって忘れてしまうのであれば、普段は言えないようなことが言えるもの」

「えっ、それは私の気に食わないところとか、嫌いなところ、あとは……」

「ち、違うわ！　そうではなくて、フェリクス様のす……素敵なところや、魅力的なところよ」

「どうして普段は褒め言葉を口にできないのだ？　ご令嬢というのは、思っていないことですら口にして、相手をいい気分にすることで、色々な物を引き出していくものじゃないのか？」

「引き出す？　私はもう十分もらっているから、これ以上はいらないわ。それから、……私は思ったことしか口にしないから、恥ずかしいのよ」

　フェリクス様はたっぷり30秒ほど、見たこともない生き物を見たかのように、信じられないといった表情で私を見つめてきた。

「え、あの、フェリクス様……」

　どうしたのかしら、と思いながら名前を呼ぶと、彼ははっとした様子で瞬きを繰り返した。

「いや……確かに私は、明日になったら間違いなく完全に、完璧に、君に言われた全てを忘れてしまうがね。それでも、耳にいい話を聞けて嬉しいなと思って」

「えっ、嬉しいの？」

「もちろんだよ」

「……じ、実はフェリクス様はものすごく優しいと常々思っていたの。それは……」

夜中というのは感情が高ぶり、普段は口にしないような言葉を発したりするものだ。

ただし、多くの場合においては、翌朝になると発した言葉の内容を顧みて、深く後悔するものだけれど……フェリクス様は全く覚えていないから問題ないわ。

そう考えて、私は常々思っていた彼の美徳を数え上げ、フェリクス様を褒め続けたのだった。

翌朝、昨日の私は大胆だったわ、と頬を赤く染めながら朝食の席に着いたけれど、なぜだかフェリクス様も私を見て頬を赤くした。

「フェリクス様、頬が赤いわ」

どうしたのかしら、と思って尋ねると、慌てた様子で返される。

「あっ、ああ、へ、部屋が暑くてね」

季節は既に秋に入っており、どちらかと言えば涼しい季節だわ、と首を傾げたけれど、感覚は人それぞれだものねと考え、「そうなのね」と返しておいた。

それから、私は何とはなしに気恥ずかしい気持ちで食事をしたのだけれど、感情は伝播するようで、フェリクス様も気恥ずかしそうにしていたのだった。

――実のところ、フェリクス様はお酒にものすごく強くて、どれだけ飲んでも記憶を失うことはないと私が知るのは、もっとずっと先の話だ。

真実を知った時、フェリクス様をこれでもかと褒め上げたあの夜のことを思い出し、私は恥ずかしさで身《み》悶《もだ》えするのだった。

クリスタ＆ハーラルト、ルピアとリスの真似をする（新婚4か月）

「バド様はハーの言っていることが分かるんだよ。だから、いつだってハーが困っていると、助けてくれるんだ」

クリスタとともに私の部屋に遊びに来てくれたハーラルトは、目をきらきらと輝かせながらそう口にした。

4歳児の可愛らしい言葉を聞いて、自然と顔がほころんだけれど、彼の発言内容から、バドが普通のリスではないとハーラルトにバレていることに気付く。

そのため、一体どうするつもりかしら、とリス姿の聖獣をじとりと見つめた。

私の視線を感じたバドは、まるでリスででもあるかのように尻尾をぴこぴこと振ったけれど、今さらリスの振りをしても手遅れじゃないかしら。

そう考えて、私はため息をついたのだった。

元々、バドは子どもが好きなようで、クリスタとハーラルトには優しく接してくれていたけれど、最近、その度合いが強まったように思っていた。

というよりも、2人が子どもなのをいいことに、どんどんとリスの振りがおざなりになっていって、完全に人の言葉を理解している様子を見せていたのだ。

「汗をいっぱいかいちゃったよ」とハーラルトが言えば、タオルをくわえて持ってくるし、「お気に入りのリボンがなくなったの」とクリスタがべそをかけば、ピンクのリボンを捜してテーブルの下からくわえてくるといった具合に。

そのため、2人は当然のように、バドのことを「人語を解するリス」として扱い出したのだけれど、……バドはこれでもまだ、2人の前でも普通のリスの振りをするつもりなのかしら。

じとりとした目で見つめると、バドはやはり尻尾をぴこぴこと振っていた。

どうやら往生際の悪い聖獣のようだ。

どうしたものかしらと呆れていると、ハーラルトが両手に持っていたもこもこの物を差し出してきた。

「だからね、こんどはハーがバド様の気持ちをりかいしようと思って」

「えっ？」

ハーラルトの言いたいことが分からないまま、差し出されたものを手に取ってみると、それは茶色の耳と尻尾だった――――明らかに人のサイズ用に作られた、リスに模すための。

びっくりして子どもたちに目をやると、2人はいそいそと自分たち用の変身グッズを装着している最中だった。

茶色の耳がくっついたカチューシャを頭にはめ、大きな茶色の尻尾がくくりつけられたリボンを手に持っている。

「ク、クリスタまでリスになるつもりなの？」

驚いて問いかけると、クリスタは尻尾付きのリボンを腰に巻き付けながら、楽しそうな声を出した。

「だって、私もバド様ともっと仲良くなりたいもの。だから、ハーラルトの言う通り、リスの真似をして、リスの気持ちを理解することにしたの」

「いつだって、バド様はハーの気持ちを分かってくれるから、こんどはハーがバド様の気持ちをりかいして、バド様がしてほしいことを助けてあげるんだよ」

ハーラルトはそう言うと、無邪気に微笑んだ。

「だから、おねーさまもリスになって、いっしょにバド様の気持ちを考えてくれる？」

きらきらと輝く目で見つめられた私は、私の弟は何て可愛いのかしらと考えながら頷いた。

「もちろんよ、ハーラルト。皆でバドの気持ちを理解しましょうね」

私はそう答えた後、用意してもらった耳と尻尾を身に付ける。

その結果、部屋の中にはリスの振りをした聖獣が一匹と、リスの扮装をした人間が3人、誕生したのだった。

結論から言うと、この「リスごっこ」はすごく楽しかった。

クリスタとハーラルトがものすごく可愛かったので、2人を見ているだけで胸の中がほっこりしたからだ。

茶色の耳を付けたクリスタが、かがんだ状態で絨毯の上をちょこちょこと歩いている。

「バド様、リスって素敵ね！　部屋の中を歩くだけで、ふさふさの尻尾で床の掃除ができるもの」

クリスタが楽しそうに指差した先では、彼女がわざと床に落としたリボンやハンカチが大きな尻尾によって1か所に集められていた。

同じように大きなもこもこの尻尾を振りながら歩いていたハーラルトが、背中に尻尾を敷いた形でぺしゃりと床に寝転ぶ。

「それに、このしっぽはクッション代わりにもなるんだよ。ああ、ハーはつかれたから、お休みしよおっと」

ハーラルトはそう言うと、わざとらしく目を瞑り、「すぴー、すぴー」と眠った振りをし始めた。

まあ、リスの尻尾は体のバランスを取ったり、仲間とコミュニケーションを取ったりするために使用するものだと思っていたけれど、箒《ほうき》やクッションの代わりにもなるなんて、この2人は尻尾の新しい可能性を発見してしまったのかもしれない。

「私の小さな弟妹は天才ね」

Z
Z

そうつぶやきながら2人を見つめると、いつの間にかクリスタまでもが床の上に寝転がり、ハーラルトと体を寄せ合っていた。

まあ、これは眠った振りなのかしら？　と思いながら、私も真似をして、その隣にころりと横になる。

すると、バドが近付いてきて、私たちの間に入り込むようにして体を丸めた。

「ふふ、今度は冬眠の真似っこかしら？　今はまだ秋なのだけどね」

ああ、だけど、皆でくっつくと暖かいわね……と思ったところで、私の記憶は途切れてしまった。

次に意識が戻った時、私は誰かに抱き上げられていたようで、体がゆらゆらと揺れていた。

「ああ、目が覚めてしまったかな？　君はリスと同じくらいに可愛らしくはあるが、リスほどには丈夫じゃないから、眠るのは寝台の中だけにしておいてくれないか」

目を開いてもいないのに、目覚めたことを気付かれたようで、優しい声でそう諭される。

その声を聞いて、フェリクス様だわと微笑んでいると、丁寧な手付きで寝台の中に横たえられた。

「クリスタとハーラルトはそれぞれの部屋に運ばせた。君の可愛らしいリスは、ハーラルトが作った専用のハウスに寝かせた。あとは君だけだから、ゆっくり休みなさい」

「ええ、冬眠するのよ……」

未だ意識がふわふわとしていて、夢と現実の区別が上手くつけられない私は、小さな声でそう答える。

　すると、フェリクス様は少し沈黙した後、困ったような声を出した。

「それは……ご遠慮願いたいね。来年の春まで君が眠りっぱなしになったら、私は寂しさで眠っている君から離れられなくなるよ」

「まあ」

だけど、私は『身代わりの魔女』だから、いつかあなたの身代わりになって、長い時間眠ってしまうかもしれないわ。

　でも、フェリクス様にはできるだけ寂しさを感じてほしくないから……。

「だったら、できるだけ早く目が覚めるようにするわね」

「ああ、よろしくお願いするよ」

　フェリクス様はそう答えると、私の肩まできっちりとブランケットを引き上げ、眠りに落ちる寸前の私の額に唇を落として出て行った。

　その対応が嬉しくて、私は微笑を浮かべたまま再び眠りに落ちていったのだけれど……夕方、目覚めた時に、眠りに落ちる寸前の情景を思い出してしまう。

　そのため、今さらながら真っ赤になっていると、侍女が入室してきて、「フェリクス様からのお届け物です」と一抱えの籠を渡してくれた。

　籠の中を覗き込むと、秋の味覚である栗とクルミがたくさん詰められている。

一体どうしたのかしら、と思いながら添えられていたカードを開くと、流麗な文字でメッセージが書かれていた。

「私の可愛らしいリスに、秋の恵みをお届けする　フェリクス」

そのメッセージを読んで初めて、寝ぼけた状態で彼に対応をしただけでなく、リスの姿を見られてしまったことに気付く。

「まあ、いやだわ。私ったら何て姿を見せてしまったのかしら」

とんでもない失態に気付き、両手で頬を押さえたけれど、全ては後の祭りだった。

翌朝、恐る恐る朝食を取りに行くと、先に来ていたフェリクス様から無言で頭の天辺から足の先まで見つめられた。

それから、残念そうに微笑まれる。

「残念だな、リスの格好は止めてしまったの？　可愛かったのに」

その表情は本心からそう思っている様子だったので、私がクリスタとハーラルトを見て可愛らしいと思ったような気持ちでいるのかもしれないと思う。

困って返事ができないでいると、フェリクス様は気を取り直したように首を傾げた。

「だが、残念ではあるものの、人でいてくれる方が安心できるのは確かだな。これから始まる長い冬の間、冬眠されてしまったらかなわないからね」

「えっ、冬眠？」

　声に出したことで、そういえば寝ぼけながらそんな話をしたような気がするわ、と昨日のことを思い出す。

　どうして私はこう、おかしなことを次々としでかしてしまうのかしら、と頬を押さえていると、フェリクス様は生真面目な表情で頷いた。

「ああ、だが、もしも冬眠したとしても、君はできるだけ早く目覚めると約束してくれたから、……その時は、君の枕元にいて、君が目覚めるのを待っているよ」

「まあ」

　そう言いながらも、心の中では『私はリスじゃないから、冬眠することはないわ』とつぶやく。

　その時の私は、昨日の私がそう返事をした時に、彼の身代わりになって眠ることを想定していたこと自体を忘れていたのだった。


だから……、いざその時が来た時に、私は長い時間眠ってしまったのだろうか。10年もの間。

　けれど、私と違って約束を覚えていたフェリクス様は、私が眠っている間もずっと枕元にいて、目覚めを待っていてくれたのだった。

　そのため、――私が10年の眠りから目覚めた時、最初に目にしたのはフェリクス様だった。

あとがき

本巻をお手に取っていただきありがとうございます！

おかげさまで2巻が刊行され、再び皆さまにお会いすることができました。

その本巻ですが、フェリクスの後悔・反省・恋慕にフォーカスした巻となっています。

フェリクスがルピアを溺愛し始める前に、まずは自分の行いを後悔して、反省して、さらに手の届かないところでルピアを恋い慕ってほしかった……からの第3章。

もうね、フェリクスの感情は爆発寸前なので、3巻のフェリクスとルピアを楽しみにしていただければと思います。どうぞよろしくお願いします。

そして、イラストは1巻に引き続き、喜久田ゆいさんに描いてもらいました。

カバーの素晴らしさがとんでもないですよね！　ルピアの可愛らしさとフェリクスの執着が一目で分かる、見事な1枚になっています。

そんな2人に対して、孤高のイザークが裏面にいるので、フェリクスとの対比が際立ちますね。

口絵はもちろん、全てのイラストが完璧にお話にマッチしていますので、より楽しめること間違いありません。

喜久田ゆいさん、お忙しい中、今回も素晴らしいイラストを描いていただきありがとうございます!!


そしてそして、1巻に引き続き、本巻も1冊丸ごとすごく可愛らしい作りになっています。

1巻のカバーの話になりますが、ルピアが身に着けている紫の花は、本作品に登場する「ルピアの瞳と同じ色の国花」であるシーアの花になります。

喜久田さんのイラストをもとにデザイナーさんがデザイン化し、本のあちこちにちりばめていただきました。一例ですが、目次の各タイトルの上に配置された花がそうですね。

こんな風に細部まで丁寧に作り込んである本をお届けできたことが、最高に嬉しいです。


また、帯にありました通りコミカライズが始まります。

少しだけ見せてもらいましたが、既にものすごく素晴らしいので、どうぞご期待ください。

私も楽しみにしています。

さて、コロナ禍で家に籠り切りだった私も、久しぶりに足を延ばして観光旅行に行ってきました。

その一環として、友人2人とともに縁結びの神社を回り、おみくじを引きました。

縁結びの神社なので、気になるのは「待ち人」ですね。

一人目。『待ち人　遅くなるが来る』

「遅くなるって、どれだけだよ！　おひとり様人生何年目に突入したと思っているんだ」

二人目。『待ち人　来るが遅れる』

「遅れ過ぎだろう！　既に結婚して子どもが3人もいるわ！　夫は捨てられても、子どもは捨てられないなー」

三人目。『待ち人　来るが去る』

「えっ、来るけど、また去っていくの!?」

世の中は厳しいものですね。

長らく家に籠っていたので、この世知辛さを忘れていました。

まあ、「待ち人」は「人生のキーパーソン」らしいので、必ずしも恋愛相手とは限りません。

これから出会う人を『これが私の待ち人かなー』と思いながら生きていこうと思います。

最後になりましたが、ここまで読んでいただきありがとうございます。

本作品が形になることにご尽力いただいた皆さま、読んでいただいた皆さま、ありがとうございます。
おかげさまで、今回も多くの方に見ていただきたいと思える素敵な1冊になりました。
どうか楽しんでいただけますように！

SQEX ノベル

誤解された『身代わりの魔女』は、国王から最初の恋と最後の恋を捧げられる　2

著者
十夜
イラストレーター
喜久田ゆい

2023年6月7日　初版発行

発行人
松浦克義

発行所
株式会社スクウェア・エニックス
〒160-8430
東京都新宿区新宿6－27－30　新宿イーストサイドスクエア
（お問い合わせ）スクウェア・エニックス　サポートセンター
https://sqex.to/PUB

印刷所
図書印刷株式会社

担当編集
大友摩希子

装幀
佐野 優笑（バナナグローブスタジオ）

この作品はフィクションです。
実在の人物・団体・事件などには、いっさい関係ありません。

ISBN978-4-7575-8606-2 C0093
Printed in Japan